이 책에는 어느 위대한 '영혼의 자서전'보다 더 위대한 '몸'의 소리가 있다.

눈부신 봄과 뜨거운 여름을 보내고 세상에 가을이 오듯 다가오는 중년,

홀로 물드는 한 그루 나무처럼 가을 물이 들어가는 여성을 향한 축복의 헌사가 있다.

우리는 삶을 사랑했으면서도 삶을 너무 몰랐고, 몸을 사랑했으면서도 몸을 너무 몰랐었다.

시간의 변화에 따라 변하는 육체와 정신의 변화를 자연스럽게 받아들이고,

새로운 삶의 시작으로 만드는 일에 너무 무심했었다.

쓸쓸한 기억들과 가벼워진 몸의 무게에 누구라도 조금 눈시울을 적시면서도

정작 두려운 변화 앞에서 그저 외로워했을 뿐이다.

어쩌면 인생의 가장 절정일 수도 있는 중년 여성의 모든 것을 자세하고도 명쾌하게

해부하고 즐겁게 대처한 이 책을 읽으며 나는 자주 심호흡을 했다.

중년은 불면과 우울과 상실의 빈터로 향한 언덕이 아니었다.

서양 여자들은 중년의 나이로 넘어가는 날 '언덕 넘어가기' 파티를 한다고 하지만

검은 드레스를 입고 검은 장미를 꽂는다고 하지만

이 책을 읽는 동안 나는 내내 붉은 장미를 생각할 수 있었다.

우리의 몸은 우리의 생을 연주한 귀한 악기였고, 창조와 열정의 발원지가 아니었던가.

중년이라는 새로운 시간의 소리에 가만히 귀를 기울이고, 새로운 축복으로 눈뜨고 싶다.

넓고 편안한 대지 위에 홀로 물드는 한 그루 나무처럼 당당하고 싶다.

치밀한 분석과 의학적이고도 섬세한 대처가 감동적이다.

여성의 몸과 심리를 향한 이 아름다운 헌사에 박수를 보낸다.

🌿 문정희 시인

다시 태어나는 중년

세상에서 가장 위대한 창조력은
폐경기 여성의 열정에서 나온다

다시 태어나는 중년

이상춘 지음

한문화

열심히 살아가고 있는
이 땅의 모든 여성들에게 이 책을 바칩니다.

중년, 새로운 삶의 시작

나는 10여 년간 한국의 농어촌과 도시에서 여성 건강 증진을 위해 일해왔다. 내가 현장에서 일하며 깨달은 점은 아직도 있어 건강에 대해 사회적으로 너무 무관심하다는 점이다. 우리는 이제 여성 건강에 대해 생식기 건강이나 모자 보건의 좁은 틀에서 과감히 벗어나야 한다. 여성이 태어나서 죽을 때까지 일생을 통해 여성 건강의 권리를 주장할 수 있어야 한다. 그러기 위해서는 외부의 어떤 요인보다도 먼저 여성 자신부터 스스로 건강의 주체임을 자각하는 의식의 전환이 필요하다.

나는 노스럽 박사의 책을 이번에 나란히 출간되는 완역판《폐경기 여성의 몸 여성의 지혜》와 한국판《다시 태어나는 중년》에 앞서

《여성의 몸 여성의 지혜》를 통해 먼저 접했다. 놀랍게도 그 책은 내가 한국 여성 건강의 현실을 접하며 말하고 싶었던 점들을 고스란히 담고 있었다.

《폐경기 여성의 몸 여성의 지혜》는 전작의 문제의식과 관점을 이어받으면서, 한 가지 더 노스럽 박사가 실제 폐경기를 맞으면서 경험한 내용에 초점을 맞추고 있다. 그래서 더욱 생생한 지혜와 중년의 마음을 어루만지는 따뜻함이 가득한 책이다.

노스럽 박사는 서양 의학자이면서도 동양적인 철학과 관점으로 여성의 질병을 영적인 면, 문화적인 면 등 총체적으로 바라본다. 중년의 건강 또한 몸과 마음의 치유가 함께 이루어져야 한다는 시각이다.

현재의 의료 교육은 서구의 기계론적인 시각으로 여성의 몸을 그저 '순환기', '비뇨기' 하는 식의 소분류의 장기 체계로만 봐왔다. 의료인들은 마치 기계의 고장을 수리하는 정도로 여성의 질병을 바라본다. 여성들이 갑작스러운 폐경기 증상에 당황하며 병원을 찾아올 때에도 그 호소를 귀담아듣기보다는 이름을 제대로 알 수 없는 약을 조제해주거나 주사를 놓아줄 뿐이다.

그러나 노스럽 박사는 중년 여성 스스로 새로운 중년의 삶을 창조하고 치유할 수 있는 근본적인 힘과 해결책을 제시해준다. 무엇보다도 폐경기에 일어나는 여러 증상들에 대해 단지 몸의 현상으로 치부하지 않고 '자기 내면의 목소리'에 귀를 기울이는 계기로 삼도록 이끌고 있다. 그녀의 탁월한 통찰력에 박수를 보낸다.

많은 여성들이 자기 안에 잠재된 창조력과 생명력을 발현하고 싶어 한다. 그러나 그것이 제대로 되지 않을 때 억제된 에너지는 여러 가지 질병의 형태로 나타난다. 화병에서부터 우울증, 유방 종양, 자궁근종 등 그 형태는 다양하다. 결국 이 질병이 나에게 일어난 원인이 무엇인가를 찾아가는 길은 정말 내가 인생에서 하고 싶은 일이 무엇인가, 내가 진정으로 원하는 것인 무엇인가를 돌아보게 하는 길이 될 수밖에 없다. 중년 여성들은 바로 이러한 과정을 통해 진정한 자신과 내면의 지혜를 발견하는 계기를 맞게 된다.

폐경은 어느 날 갑자기 찾아오는 것이 아니다. 사실 모든 여성의 몸은 폐경이 일어나기 10년 전부터 서서히 그 준비를 시작한다. 평소에 조금만 신경을 쓰고 예비지식을 갖춘다면 누구나 폐경기를 고통의 시간이 아닌 새로운 삶을 시작하는 시간으로 누릴 수 있다. 결국 폐경기라는 전환점은 인생의 어느 한 시기에만 국한된 것이 아니다. '폐경주위기perimenopause'라는 말에서 알 수 있듯이 30대 중후반부터 50대 중후반에 걸쳐 있는, 인생에서 아주 소중하고 중요한 시기이다.

그러나 대부분의 여성들은 그에 대한 지식이나 마음의 준비가 전혀 없는 상태에서 이 시기를 흘려보낸다. 그리고 폐경을 맞아 갑작스러운 심리적, 육체적 변화에 당혹해 한다. 게다가 중년 여성 혹은 폐경기를 보는 대부분의 시각은 의료인이건 일반인이건 간에 '갱년기=우울=고통'이라는 관점에서 크게 벗어나지 못하고 있다. 이러한 사회적 편견으로 인해 여성들이 폐경에 대해 더욱 부정적으로 느끼고 있는지도 모른다.

중년은 제대로 알고 대처할 수만 있다면 인생의 황금기로서 더욱 충만하게 보낼 수도 있다. 나이듦을 아쉬워하고 속앓이를 하면서 지나쳐버리기보다 잠재되어 있던 자신의 꿈을 다시금 발견하고 추구할 수 있는 능력과 경륜을 갖추고 있는 것이다.

이 책은 초경을 축하하듯이 폐경 또한 새로운 탄생을 준비하는 축복의 시간이 될 수 있음을 보여준다. 폐경기 여성에게도 소중한 안내서이지만 여성이라면 누구나 초경에 대한 정보를 습득하듯, 폐경의 올바른 이해를 위해 읽어보아야 할 책이다.

완역판《폐경기 여성의 몸 여성의 지혜》에는 전문적인 내용과 의학용어들이 들어 있어 다소 읽기가 벅찰 수 있다. 이 책《다시 태어나는 중년》은 보통 여성들이 좀더 쉽고 편안하게 접할 수 있도록 완역판의 내용을 간추려 다시 쓴 책이다. 많은 한국 여성들이《다시 태어나는 중년》을 통해 중년의 몸과 마음을 돌보고 삶을 새롭게 변화시킬 수 있기를 바란다.

신경림 이화여대 간호과학과 교수

세계여성건강연맹(ICOWHI)회장·한국여성건강증진연구소장

9

다시 태어난다는 것은

만일 다시 태어난다면……? 누구나 한번쯤 이런 생각을 해보았을 것이다. 지금처럼 말고 새로운 사람으로 멋지게 새 인생을 살 수 있다면……. 생각만 해도 얼마나 신나는 일인가.

그러나 전혀 불가능한 일이 아니다. 다시 태어난다는 것이 반드시 새로운 탄생만을 의미하는 것은 아니기 때문이다. 지금 내 모습 이대로도 얼마든지 전혀 다른 삶을 시작할 수 있다. 사람의 겉이 변할 수는 없지만 속은 변할 수 있기 때문이다. 나이를 먹어가면서 육체는 점점 빛을 잃어가지만 속사람은 얼마든지 새롭게 태어날 수 있다.

이 책은 폐경기라는 일생일대의 전환기를 맞은 여성들이 호르몬 변화의 도움을 받아 깊이 내재되어 있던 자기 본연의 모습으로 회귀해가는 과정을 담고 있다. 한 남자의 아내로, 아이들의 어머니로 몇 십 년을 살아온 중년 여성들이 비로소 한 사람의 인간으로 새롭게 탄생하는 것이다.

《다시 태어나는 중년》을 펴낸 것은 지난 2002년 가을이었다. 그 후 벌써 7년이란 세월이 흘렀다. 당시 막 중년의 문턱에 들어섰던 나도 이제 50대의 무르익은 중년이 되었다. 그동안 이 책을 읽은 여러 독자들로부터 많은 격려와 성원을 받았다. 감사하게도 멀리 호주와 캐나다에서도 이메일을 보내주었다. "무슨 심각한 병에 걸린 줄 알고 고민했는데 정상적인 폐경기 증상인 걸 알고 얼마나 다행이었는지 몰라요." "고달픈 이민 생활에서 누구 하나 속 시원히 터놓고 얘기할 사람이 없었는데 어쩜 그렇게 제 마음을 꼭꼭 집어서 얘기하던지 밤을 새워 읽었어요." "책을 읽으면서 왜 그렇게 눈물이 쏟아지던지 원 없이 실컷 울고 나니 속이 뻥 뚫린 기분이었어요." "저는 아직 30대인데 엄마가 읽던 책을 우연히 읽고 나서 미래의 제 모습에 대해 진지하게 생각해보게 되었어요." "아내에게 선물하려고 책을 샀는데 저도 읽으면서 아내에 대해 많은 것을 이해하게 되었어요." 엄밀히 말하면 이 책은 여러 여성들의 공동 저서라고 할 수 있다. 내가 정리해서 펴내긴 했지만 책 안에는 여러 형태의 여성들의 삶이 그대로 옮겨져 있기 때문이다.

이 책은 재편성의 과정을 거쳐 새롭게 탄생한 책이다. 감사하게도 나는 미국 의학계를 이끌어가는 대표 주자의 한 사람인 크리스티안 노스럽 박사의 《폐경기 여성의 몸, 여성의 지혜》를 번역할 기회를 얻게 되었다. 노스럽 박사는 몸의 질병은 마음의 상태와 밀접하게 연결되어 있다는 주장을 펴는 미국 대체 의학계의 선두 주자다.

특히 그녀는 감정이 섬세한 여성의 질병은 마음의 상태에 따라 큰 영향을 받는다는 사실을 과학적으로 증명하는 데 일생을 바쳐온 인물이다. 1,000페이지에 달하는 방대한 분량의 이 책은 신체적, 정신적으로 삶의 중대한 전환기인 폐경기를 맞은 여성들이 겪을 수 있는 모든 형태의 심신 변화를 의학, 심리학, 여성학, 인류학 등 여러 관점에서 다루고 있었다.

이 책을 번역하면서 나는 새로운 세계가 열리는 기분을 맛보았다. 내가 이제까지 알고 있던 여성의 몸에 대한 단편적이고 피상적인 인식이 완전히 바뀌면서 그 진정한 모습에 눈을 뜨고 깊이 이해하게 되었다. 그리고 내가 겪었던 감동과 지식을 한 사람의 여성에게라도 더 전해주고 싶은 생각이 들었다. 그래서 노스럽 박사의 방대하고도 심오한 의학 지식의 핵심 부분을 요약하고 거기에 우리 주변에서 흔히 만날 수 있는 평범한 중년 여성의 모습을 접목해서 《다시 태어나는 중년》이라는 책을 펴내게 되었다.

《폐경기 여성의 몸, 여성의 지혜》를 번역하면서 그리고 《다시 태어나는 중년》을 집필하면서 나는 깊이 내재되어 있던 그리고 나 자신조차도 깨닫지 못했던 진정한 '나'로 다시 태어나는 체험을 했다. 어둠이 걷히면서 그 안에서 '나'라는 존재가 활짝 피어나는 느낌이었다. 이 책의 제목을 《다시 태어나는 중년》이라고 정한 것도 그런 경험에서 우러난 것이었다.

나는 그동안 별로 관심을 갖지 않았던 여성의 몸에 대해서 그리고 여성의 삶에 대해서 깊이 사색하고 통찰할 기회를 얻었다. 그리고 한 여성으로, 아내로, 어머니로 겪어왔던 많은 갈등을 해결하고, 깊은 상처들을 치유하는 시간들을 가질 수 있었다. 과거의 상처라는 무거운 짐을 내려놓자 내 발걸음은 가벼워졌고 비로소 앞으로 나아갈 수 있었다.

흔히 폐경기를 제2의 사춘기라고 한다. 급격한 호르몬 변화를 겪으면서 신체적·정신적 전환기를 맞이한다는 점에서, 그 변화를 통해서 획기적인 성장을 이룩한다는 점에서 사춘기와 공통점을 지니고 있다. 다른 점이 있다면 청년기의 사춘기가 육체적인 성장에 초점을 맞추는 데 반해, 폐경기의 사춘기는 정신적인 성장에 더 집중한다는 것이다.

폐경기에는 호르몬 변화가 뇌의 신경계에 영향을 미쳐서 정신적인 재편성이 이루어진다. 생식 호르몬에 가려졌던 냉철한 통찰력이 제 기능을 되찾으면서 잠자고 있던 열정과 창조적인 에너지가 되살아난다. 따라서 지난 삶을 되돌아보고, 현재의 삶을 재정비해서, 자신이 원하던 미래를 설계하는 용기와 추진력을 얻게 된다. 여성이라

면 누구나 피해갈 수 없는 생리적인 변화가 새로운 도약의 발판이
되는 셈이다.

얼마 전에 앙코르와트를 여행한 적이 있다. 여행사를 통한 패키지여
행이었다. 혼자 여행하는 아줌마는 나 하나뿐일 줄 알았는데 스물
네 명의 일행 중 혼자 온 50대 여성이 무려 네 명이나 되었다. 몸이
여기저기 아파서 치유의 목적으로 여행을 다니기 시작했다는 사람
도 있었고, 남편과 싸우고 홧김에 여행을 떠났는데 그 맛에 중독되
어 마니아가 됐다는 사람도 있었다. 우리는 의기투합해서 재미있게
어울렸는데 일행들은 우리를 아줌마 F4라고 부르며 놀리곤 했다.
불과 몇 년 전만 해도 아줌마가 혼자 여행하는 것은 드문 일이었는
데 여성들의 의식도 많이 달라진 것 같다. 당당하게 홀로 여행을 즐
기는 그들의 모습이 활기차고 아름다워 보였다.
　중년이 된다는 것은 무르익어가는 것이다. 새싹이 돋고, 봉오리가
맺히고, 꽃이 활짝 피고난 후, 그 자리에 맺히는 열매와 같은 것이
중년의 삶이다. 중년이 되면 새로운 열매를 맺을 여건이 무르익는다.
호르몬 변화를 통해 몸이 재편성되고, 남을 위해 희생하던 삶이 자
신을 돌보는 삶으로 바뀌며, 정신적·경제적·영적으로도 한결 자유
롭고 안정되고 풍요로워진다. 그 비옥한 밑거름을 낭비하지 말고 탐
스러운 열매를 맺는 일에 쏟아 부어야 노년을 위한 곳간을 풍성하
게 채울 수 있다.

14

이제는 평균 연령이 길어져서 지금의 중년 세대는 거의 100세까지 살게 될 것이다. 무엇이든 시작하고 준비하기에 충분한 시간이 우리 앞에 놓여 있다. 중년 이후의 삶은 이제까지 삶의 연장이기도 하지만 새로운 삶의 시작이기도 하다. 지금 중년을 어떻게 준비하느냐에 따라서 나머지 반평생의 삶이 결정될 것이다. 나의 노년의 모습을 그려보자. 어떤 모습으로 살고 싶은가. 그 모습이 되려면 지금 무엇을 해야 할까.

나는 여성의 힘을 굳게 믿고 있다. 특히 우리 아줌마들의 저력은 무궁무진하다. 그 무엇도 그녀들이 분출하는 에너지를 막을 수는 없다. 베이비붐 세대에 태어난 지금의 중년 여성들은 새로운 중년 문화를 창조해서 후대에 물려줄 책임이 있다. 우리 여성들이 자신의 가치와 능력을 충분히 인식하고 그것을 마음껏 발휘하기를 바란다. 이 책이 그런 그들의 열정을 더욱 타오르게 만들 기름이 되기를 소망한다.

2009년 가을
제주의 초가집에서

차례

1

중년이라는 것

봄도 아니고 가을도 아닌
이상한 계절이 왔다.

아찔한 뾰족구두도 낮기만 해서
코까지 치켜들고 돌아다녔는데

낮고 편한 신발 하나
되는 대로 끄집어도
세상이 반쯤은 보이는 계절이 왔다.

예쁜 옷 화려한 장식 다 귀찮고
숨막히게 가슴 조이던 그리움도 오기도
모두 벗어버려
노브라된 가슴
동해바다로 출렁이던가 말던가
쳐다보는 이 없어 좋은 계절이 왔다.

입만 열면 자식 얘기 신경통 얘기가
열매보다 더 크게 낙엽보다 더 붉게
무성해가는
살찌고 기막힌 계절이 왔다.

문정희, 〈중년 여자의 노래〉

다시 태어나는 중년

중년이라! 중년이란 말을 글자 그대로 풀이하자면 인생의 가운데라는 뜻이다. 청년과 노년의 중간, 젊음에서 늙음으로 넘어가는 도중을 의미하는 말이다. 그러나 중년이란 말에서는 좀더 깊은 맛이 우러난다. 사오십 년 동안 곰삭고 익어온 달고 쓴 맛이 깊이 배어 있는 것 같다.

누구도 이 중년이라는 다리를 피해갈 수는 없다. 아직 젊음을 누리는 사람들에게는 먼 훗날의 이야기 같겠지만 그 먼 훗날은 반드시 오고야 만다. 나도 이렇게 중년의 문턱을 훌쩍 넘었다는 게 아직 실감이 나지 않는다. 남의 얘기일 뿐 내게는 결코 오지 않을 것 같았던 시간이다. 언제 이렇게 나이를 먹었지? 그동안 내가 해놓은 게 도대체 뭐지? 괜히 심술이 나고 억울한 생각이 든다. 슬그머니 마음이 초조해진다. 이러다 어영부영 인생이 끝나버리는 것은 아닐까?

뽀얗던 얼굴엔 주름살과 기미가 늘어가고 몸도 예전 같지 않지만 마음만은 아직도 긴 생머리를 펄럭이며 캠퍼스를 누비던 그 시절에 머물러 있다. 몸이 달라지면 마음도 따라가야 편하련만 그게 뜻대로 되지 않는다. 반은 세월을 따라왔고 반은 젊은 날에 그대로 머물러 있는 느낌이다. 아름답다는 말을 듣고 싶은 마음, 내 가치를 인정받고 싶은 마음, 오래 간직해온 꿈을 실현하고 싶은 마음, 보다 나은 삶이 나를 기다리고 있을 것 같은 막연한 기대감은 나이와 관계없이 마음 깊은 곳에서 여전히 꿈틀거리고 있다. 단지 그걸 되돌아볼 여유가 없어서 애써 외면했을 뿐이다.

그러나 중년에 접어들면서 정신적, 시간적 여유를 찾은 여성들은 그동안 덮어 두었던 이런 의식에 눈을 돌린다. 여성들이 폐경기라는 전환점을 거치면서 겪는 공통적인 변화가 두 가지 있다. 하나는 그동안 자신을 구속해온 가족이나 주변 환경에서 벗어나고 싶어한다. 자유에 대한 갈망이다. 이제까지 남편이나 아이들을 중심으로 살아왔다면 지금부터는 자신을 위해 시간과 노력을 투자하고 싶다는 바람이 서서히 고개를 드는 것이다.

또 하나는 잃어버린 젊음이나 지난날을 보상받고 싶어한다. 마음에 드는 옷 한 벌 선뜻 사지 못하고 살아온 세월이 괜히 억울하고 슬퍼진다. 시부모를 모시느라 거실 소파에 퍼질러 누워 TV 한 번 마음껏 보지 못했던 지난 삶이 고단하고 서럽다. 힘들게 시작해 내 집 장만하고 아이들 남부럽지 않게 키워보겠다고 아등바등 살아온 시간들이 공허하기만 하다. 무엇을 위해 그렇게 힘든 세월을 살아왔단 말인가. 그래서 남은 게 도대체 뭐란 말인가. 뭔가 밑진 것 같고 누군가가 원망스럽다. 그래서 욕을 먹더라도 이제부터는 좀 다르게 살아보고 싶다.

여자는 세 번 태어난다. 엄마 자궁에서, 월경이 시작되는 사춘기에, 그리고 중년의 폐경기에. 그 중에서도 폐경기에 맞이하는 탄생은 진정한 나를 찾는 소중한 거듭남이다. 사춘기의 탄생이 아이에서 한 여성이 되는 과정이라면, 폐경기의 탄생은 한 여성에서 진정한 인간으로 탈바꿈하는 과정이라고 할 수 있다.

폐경이 되면 난소에서는 더 이상 배란이 되지 않는다. 생명을 탄생시키는 능력이 중단되는 것이다. 그러나 다른 사람을 탄생시키는 능력을 반납하는 대가로 자신을 탄생시키는 능력을 얻는다. 난소에서는 난자의 생산이 중단되었지만, 난소를 제외한 몸 전체에 새로운 나를 탄생시키기 위한 또 다른 난자들이 서서히 태동을 시작한다. 조개가 인고의 세월을 견뎌 영롱한 진주를 만들어내듯이 오랜 세월에 걸쳐 내 안에서 영글어온 여러 형태의 난자들이 비로소 그 아름다운 자태를 드러내기 시작한다. 여성 호르몬이라는 깊은 베일에 가려졌던 눈부신 나의 참모습이 그 무거운 베일이 걷히면서 수면 위로 떠오르는 것이다.

24

중년의 재탄생은 한 인간이 참자아로 회귀하는 진정한 거듭남이다. 나를 싸고 있던 엄마, 아내, 주부, 며느리, 딸 같은 거추장스러운 포장지를 모두 벗겨내고 비로소 본래의 내 속살과 마주할 수 있게 한다. 중년의 재탄생은 아기의 탄생이나 사춘기의 탄생처럼 공개적인 축하를 받지는 못하지만, 안에서부터 조용히 시작되는 내면의 혁명이다.

중년에 들어서자 가슴이 휑하니 빈 것 같은 공허감이 밀려왔다. 또 한편으로는 뜨거운 용암이 부글부글 끓어오르듯 걸핏하면 울화가 치밀어 올랐다. 아이들의 사소한 말대꾸에도 괜히 눈물이 주르르 흐르고 서러웠다. 또 평소 화를 잘 내지 않았던 내가 작은 일에도 벌컥벌컥 화를 냈고, 이제껏 잘 참아오던 것들도 괜히 눈에 거슬리고 짜증이 났다. 그동안 이런저런 이유로 꾹꾹 누르며 참아온 세월이 괜히 억울한 생각이 들었다.

"왜 만날 나만 참아야 하는 거야? 나는 배알도 없고 성질도 없는 줄 알아! 그만하면 됐어. 이제까지 할 만큼 한 거야. 지금부터라도 나 자신을 위해 살 권리가 있어. 더 이상 좋은 엄마, 좋은 아내가 아니어도 좋아. 앞으로 얼마나 살지도 모르는데 남은 인생도 이렇게 살고 싶진 않아!"

내 안에서 뭔가 변화를 원하고 있었다. 몸이 변하는 것처럼 주변 환경이나 인간관계에서도 변화를 갈망하고 있었다. 나는 오랜 세월 마음속에 담아두었던 감정들을 하나씩 꺼내 도마 위에 올려놓기 시작했다. 혼자만 남겨지는 것 같은 허전함에서 벗어나고 싶었고, 내 존재감을 증명해줄 수 있는 무슨 일이라도 저지르고 싶었다.

내가 겪기 시작한 이런 신체적, 감정적 변화는 폐경기라는 전환기를 맞아 비롯된 것이었다. 이 시기에는 호르몬 변화는 물론 몸의 신경계도 재구성된다. 사고와 직관을 관장하는 뇌의 부위가 호르몬 변화와 더불어 완전히 새롭게 바뀌는 것이다. 이런 몸의 변화를 미리 알고 폐경기를 맞이한다면 중년의 삶을 전혀 다른 방향으로 이끌어갈 수 있을 것이다.

최근에 나는《폐경기 여성의 몸 여성의 지혜》라는 책을 번역할 기회가 있었다. 중년을 맞이한 여성이 흔히 겪는 폐경기 증후군은 몸의 증상뿐 아니라 살아온 삶의 내력과도 관련이 있다고 주장하는 책이었다. 몸의 질병은 해결되지 못한 감정이 관심을 촉구하는 소리이기 때문에 몸과 마음을 함께 치유해야 한다는 논리였다. 눈이 번쩍 뜨이는 기분이었다. 그동안 나는 몸이나 마음에 문제가 생기면 원인을 외부에서만 찾으려고 했다. 그러나 해답은 내 안에 들어 있었다. 그것들은 내면에서 보내는 경고의 메시지였던 것이다.

책을 읽어가면서 어느 부분에서는 나도 모르게 눈물이 흘러내렸다. 눈물과 함께 마음속 구석구석에 꼭꼭 감춰져 있던 상처가 하나씩 눈에 들어왔다. 괜찮다고 생각했던 것들, 참을 만해서 넘겨버렸던 것들, 어쩔 수 없이 외면했던 상처들이 고스란히 그곳에 남겨져 있었다. 생각해보니 내 자신에게 관심을 가졌던 게 언제였는지 기억도 나지 않았다. 다른 사람을 보살피는 일에 쫓기다 보니 내게 관심을 기울일 시간적, 정신적 여유가 없었다.

그러나 중년은 자신의 지난 삶을 되돌아보고 인생을 중간 결산하는 시점이다. 중년을 또 다른 말로 갱년기_{更年期}라고도 하는데 다시 태어나는 시기라는 의미다. 새로운 삶이 시작된다는 뜻으로도 해석할 수 있다. 특히 폐경기를 앞둔 여성들은 생리적으로 후원을 받는다. 이 시기에는 다른 사람들의 욕구나 감정에 집중하게 만들었던 생식 호르몬이 자기 자신에게 집중하도록 변화하기 때문이다. 중년에 별거나 이혼, 생활의 변화가 크다는 통계가 이런 사실을 뒷받침해준다.

나는 결혼 생활이란 서로 노력해가는 것으로, 최선을 다해 노력한다면 해결하지 못할 일이 없다는 자신감에 차 있었다. 이혼하는 사람들은 인내심이 부족한 것이며, 다른 사람을 선택해도 힘든 부분은 있게 마련이라는 확고한 신념을 갖고 있었다. 그러나 수많은 다른 여성들과 마찬가지로 나도 중년이 되자 이런 환상을 포기해야만 했다. 중년의 통찰력은 내게 더 절실한 문제에 눈을 돌리게 만들었다. 화목한 가정을 이루고 좋은 엄마나 좋은 아내가 되는 것도 중요하지만, 내가 진정으로 원하는 삶이 무엇인가에 더욱 초점을 맞추게 된 것이다. 하기 싫은 일을 더 이상 억지로 지속하기 싫었고 무조건 희생하던 태도에도 회의가 생겼다. 마음 깊숙이 감춰 두었던 꿈이 서서히 기지개를 펴고 겉으로 드러나기 시작했다. 무수히 덧칠해진 잡다한 색깔들을 말끔히 닦아내고 진정한 내 색깔대로 한번 살아보고 싶어졌다. 눈부시게 노란 개나리처럼, 나라는 사람이 본래 가지고 태어난 색깔을 찾아 그 색깔대로 빛나고 싶었다.

대부분 여성들은 삶의 가치를 인간관계에 둔다. 가족 간의 사랑, 남편이나 파트너와의 사랑에 자신의 모든 것을 투자한다. 전업주부는 물론 성공한 커리어 우먼도 예외는 아니다. 반대로 남성들의 정체성이나 자부심은 직업이나 수입, 성취도, 명예 등 외부 세계에서 비롯한다. 하지만 이런 성향은 여성과 남성 모두 중년이 되면서 달라진다.

중년 여성들의 에너지는 가정이나 가족으로부터 벗어나 외부 세계로 향하기 시작한다. 그동안 내재되어 있던 탐구심이나 자기 개발에 대한 욕구, 자부심에 대한 열망이 갑자기 밖으로 표출되기 시작하는 것이다. 이에 반해 갱년기 증상을 겪는 중년 남성들은 나약한 모습으로 변해간다. 은퇴를 준비하고, 의기소침해지며, 삶의 치열한 전쟁터에서 그만 물러나고 싶어 한다. 삶의 우선순위를 가정이나 가족으로 옮기면서 집안에 틀어박히기 시작한다.

이런 변화는 이제까지와는 완전히 상반되는 현상이다. 남성들은 눈을 인간관계로 돌리기 시작하는 데 반해 여성들은 외부 세계로 관심을 옮긴다. 이런 추세는 부부 사이에 종종 역할 변화를 가져오기도 한다. 은퇴를 하거나 직장을 그만둔 남성들은 가장 바람직한 은신처로 가정을 택한다. 얼마 전부터 실직한 남편들이 늘어가면서 집안에 틀어박혀 시시콜콜 참견을 해대는 바람에 부부 사이에 갈등이 고조되는 사례가 늘고 있는 것도 한 예다. 반면 요리나 설거지를 도맡아 하면서 새로운 삶을 시작하는 부인을 물심양면으로 돕는 남성도 있다. 이처럼 집안으로 돌아오는 남성들과는 반대로 여성들은 새로운 사업을 시작하거나, 하고 싶었던 공부를 하거나, 자신이 원하던 일에 도전하고자 한다.

만일 두 사람의 부부 관계가 원만하다면 새로운 역할 변화에 서로 만족할 수 있다. 그러나 그렇지 못할 경우 남편은 아내의 성공이나 독립에 질투심을 느끼며 이제까지처럼 자기만을 돌봐줄 것을 고집한다. 이런 압력은 심지어 심장병이나 고혈압 같은 신체적 증상의 형태로 나타나기도 한다. 고의적이고 의식적인 행동은 아니지만 갑자기 바뀐 역할에 잘 대처하지 못한 결과가 몸의 질병으로 나타나는 것이다.

여성들은 자신의 욕구를 억제하고 계속 남편을 내조할 것인지 아니면 자신의 창조적인 열정을 따를 것인지 고민하며 두 갈래 길에서 망설이게 된다. 오던 길을 그냥 고수할 것인가, 그동안 꿈꿔왔던 새 길에 과감히 도전해볼 것인가. 남편은 괜히 쓸데없는 고생 말고 함께 편안한 노후를 맞자고 은근히 유혹한다. 그러나 새롭게 눈을 뜬 가슴속 열망은 순순히 가라앉지 않는다. 지금이야말로 가족들을 돌보고 다른 사람에게 헌신하느라고 억제해왔던 열정을 발휘할 때라고 부추긴다. 중년의 여성들은 두 길 사이에서 고민한다. 새로운 도전에는 용기와 결단이 필요하고, 새로운 탄생에는 산고가 따르기 마련이다.

다른 사람을 돌보는 일과 발휘하지 못했던 자신의 열정을 추구하는 일 중 반드시 하나만 택해야 하는 건 아니다. 또 거창한 변신만 의미 있는 것도 아니다. 작은 변화라도 자신이 원하는 삶에 한 발 다가서려는 자세가 중요하다. 평소에 노래를 잘 부르고 싶었다면 노래 교실을 찾아가 노래 부르는 법을 배울 수도 있다. 별일 아닌 것 같지만 그로 인해 얻게 되는 자부심은 중년의 삶에 자신감과 활기를 불어넣어줄 것이다. 이렇게 작은 자부심은 좀더 큰 꿈을 향해 나아가게 만드는 원동력이 된다.

인류 역사를 더듬어볼 때 대부분의 여성들은 폐경기가 되기 전에 죽음을 맞이했다. 그러나 여성의 평균 수명이 80세 이상으로 늘어난 오늘날에는 폐경기 이후에도 영향력을 행사하며 활기차게 30~40년을 더 살 수 있다. 우리 어머니나 할머니 세대가 경험했던 폐경기와는 사정이 크게 달라졌다. 폐경기 이후의 삶도 당당하게 제2의 인생이 될 수 있다. 지금 폐경기를 겪는 우리 세대는 이전 세대와 앞으로 세대를 잇는 중도 세대라고 할 수 있다. 우리가 폐경기 문화를 어떻게 만들어 내느냐에 따라서 앞으로 중년 여성의 힘이 인정받느냐 아니냐가 달려 있다.

인류학자인 마거릿 미드Margaret Mead 여사는 "세상에서 가장 위대한 창조력은 폐경기 여성의 열정에서 나온다."라고 말했다. 그 창조적인 에너지가 거침없이 발휘되기 위해서는 지혜와 용기가 필요하다. 다행히도 우리 중년 여성들은 이 두 가지를 모두 갖추었다. 이제 의식을 변화시키는 일만 남았다. 폐경기를 인생의 종말이 시작되는 두려운 변화로 보는 시각은 이미 옛말이 되었다. 폐경기는 새로운 삶을 준비할 수 있는 축복의 시간이다. 아줌마의 힘이 얼마나 위대한지 보여줄 때다.

이제 원하는 삶을 찾자

중년 여성에 대한 정의를 내리라면 어떤 말들이 생각나는가? 지하철에서 자리가 나면 체면 불구하고 달려가서 엉덩이로 밀치고 앉는 뻔뻔함, 미모도 지성도 평준화되는 나이, 여성으로서의 기능을 잃어버린 퇴물, 지난 세월을 보상받으려는 듯 효도관광 버스 안에서 미친 듯이 흔들어대는 뚱보 아줌마들, 아무데서나 감정을 거침없이 표현하는 무례함, 뭉치면 천하무적이 되는 파워, 조금 낮게 봐주면 체념의 도사 혹은 인생의 뒤안길을 돌고 돌아 거울 앞에 선 원숙한 여인,……

   우리 사회는 중년 여성에 대해 이해와 관용의 시각보다는 비판적인 시각으로 바라보는 경향이 있다. 유교적인 여성관을 떨쳐버리지 못하는 사고방식이 여성의 가치를 인정하는 데 인색하기 때문이다. 더구나 여성으로서의 아름다움을 잃어가는 중년 여성에 대한 시각은 더욱 인색하다. 한 남성의 아내이자 아이들의 엄마, 한 집안의 며느리로서의 의무는 강조하면서도 정작 한 인간으로서의 가치와 권리를 인정하는 데는 소홀하다. 우리가 흔히 생각하듯 중년에 인생의 무상함을 느끼며 흔들리는 것은 남성만이 아니다. 폐경기라는 생리적 변화와 중년이라는 정신적 과도기를 동시에 겪는 여성들은 더욱 심하게 흔들릴 수 있다.

우리나라의 폐경기 여성(45~55세)은 현재 약 470만 명으로 전체 여성의 20퍼센트 정도이며, 2030년이 되면 43.3퍼센트까지 증가할 거라고 한다. 폐경기 여성의 삶이 우리 사회에 미치는 영향력이 그만큼 커진다는 뜻이다. 따라서 폐경기의 변화를 신체적, 정신적으로 어떻게 견디느냐는 여성 개인에게만 국한되는 얘기가 아니다. 그 파장이 주변 사람들에게도 직접적, 간접적으로 많은 영향을 미치게 된다.

내가 중년에 접어들면서 가장 먼저 머리에 떠오른 것은 엄마에 대한 생각이었다. 엄마는 내가 사춘기를 거쳐 성인이 되던 무렵 항상 아파서 누워 있거나 병원 신세를 지곤 했다. 외동딸로 자라 신경이 유난히 예민했던 엄마는 40대 중반부터 50대 중반까지 10여 년 동안 병원에 입원하고 퇴원하길 반복하며 힘든 나날을 보냈다. 대학생이던 나는 많은 시간을 병원에서 엄마 수발을 들며 보내야 했다. 처음에는 소화가 안 되고 머리가 견딜 수 없이 아파서 내과를 찾았던 엄마는 이 병원 저 병원을 전전하며 치료를 받아도 차도가 없자 결국 의사의 권유로 신경정신과 치료를 받기 시작했다. 뚜렷한 병명은 밝혀지지 않았지만 앞에 '신경성'이란 수식어가 붙은 여러 증상에 시달렸던 엄마는 아티반이라는 신경 안정제를 늘 끼고 살았고, 병원에서 전기치료와 각종 약물치료를 받았다. 그러다 아주 심해지면 병원에 입원하는 일이 되풀이되었다.

지금 생각해 보면 엄마의 증상은 아버지에 대한 증오의 표출이자 관심을 끌기 위한 수단이었던 것 같다. 젊은 시절부터 가정에 소홀하며 밖으로 돌았던 아버지에 대한 불만이 폐경기를 맞아 폭발한 것이 아니었을까. 병원을 데리고 다니며 그나마 관심을 가져주는 아버지의 사랑을 받을 수 있는 기회는 아플 때뿐이었던 것이다.

폐경기라는 일대 전환기를 어떻게든 견뎌내려고 전전긍긍하던 엄마를 철없던 딸인 나는 전혀 이해하지 못했었다. 항상 아파서 누워 있던 엄마가 안쓰러우면서도 한편으론 짜증스럽기도 했다. 엄마는 아무도 이해해주는 사람 없이 홀로 외로운 투쟁을 해야만 했다. 엄마의 증상은 다른 방법을 택할 수 없었던 상황에서 나름대로의 절실한 표현 방식이었다. 옆에서 누군가가 이해하고 도와주었다면 엄마는 한결 수월하게 폐경기를 넘길 수 있었을 것이다.

비단 우리 엄마에게만 국한된 얘기는 아닐 것이다. 우리 어머니 세대의 중년 여성들은 남편이나 가족의 관심과 이해를 받지 못한 채 참으로 고단한 세월을 힘들고 어렵게 견뎌왔다. 물론 큰 문제없이 자연스럽게 폐경기를 넘긴 여성들도 있을 것이다. 또 먹고살기에 바빠서 팔자 좋게 폐경기 증상 따위에 신경 쓸 겨를이 없었던 여성들도 많을 것이다. 그러나 소외된 중년을 보낸 어머니 세대 여성들은 아픈 곳이 많고 쌓인 한이 많다.

지금 젊은 세대들은 이해가 안 가는 얘기겠지만 불과 얼마 전까지만 해도 우리나라 남성들은 가정에 충실하고 아내에게 잘해주면 남자의 권위가 손상되는 것으로 착각하는 사람들이 많았다. 남자가 밖에서 일하다 보면 술도 마실 수 있고 여자도 가까이할 수 있다는 사고방식에 사로잡혀 있기도 했다. 그런 남성들과 살아온 여성들의 가슴이 어찌 온전할 수 있을까.

남편만이 아니다. 최소한 대여섯인 아이들은 또 얼마나 바람 잘 날 없었을까. 나는 지금 두 아이를 키우는 데도 이렇게 쩔쩔매는데 그 많은 아이들을 키우면서 몸과 마음이 오죽 시달렸을까. 가슴에 화가 가득 찬 시어머니에 고달픈 시집살이 설움은 더 말해서 무엇하랴. 이 고단한 삶을 우리 어머니들은 숙명처럼 묵묵히 받아들일 수밖에 없었다. 존경스러울 정도로 남편에게 헌신적이셨던 우리 시어머니 소원은 남편 없이 한 달만 살아보고 돌아가시는 것이었다.

그러나 지금은 사정이 많이 달라졌으면 중년 여성들의 의식 구조도 크게 변했다. 지난해 발표된 한 여론 조사에 따르면 폐경기 이후에 "이제라도 내가 원하는 삶을 살겠다."라고 답한 여성이 전체 응답자 중 69.7퍼센트나 되었다. 많은 여성들이 지금까지 남편과 아이들을 중심으로 살아온 삶에서 벗어나 새로운 제2의 인생을 살고 싶다는 강한 의지를 불태우고 있다.

또한 자신에 대한 투자도 크게 늘리는 것으로 드러났다. 가장 관심이 많은 부분은 잃어버린 젊음을 되찾는 일로, 절반 이상의 여성이 기회가 주어진다면 주름살 제거 수술을 받고 싶다고 응답했다. 최근 피부과에는 주름살을 완화하는 보톡스 주사를 맞거나 기미, 잡티를 제거하는 레이저 수술을 받는 중년 여성들이 크게 늘었다고 한다. 그중에는 성형수술을 받는 여성들도 적지 않다.

한 친구는 윗입술이 너무 두껍고 위로 말려 있어 늘 콤플렉스를 느끼고 있었다. 일 년쯤 성형수술을 벼르던 그 친구는 결국 윗입술을 축소하고 코를 높이는 수술을 감행했다. 내가 보기에도 이전보다 한결 젊고 예뻐졌다. 용기를 얻은 친구는 이번에는 배가 너무 나와 지방 흡입술을 받아야겠다고 돈을 모으고 있다. 많은 비용이 들고 용기가 필요한 일이지만, 수술 후한결 밝아진 친구를 보며 성형수술에 대한 내 부정적인 견해도 많이 누그러졌다.

요즘 중년 여성들은 여가 생활에도 한결 적극적이다. 평소 모임을 갖던 친구들끼리 해외여행을 위해 계획을 세우거나 돈을 모으는 경우는 이제 흔히 볼 수 있다. 도시뿐 아니라 시골에서도 동네 부녀회 주최로 단풍놀이를 가는 것은 이미 연중행사가 되었다.

이 밖에 찜질방이나 사우나, 피부 관리실을 정기적으로 드나드는 여성들도 크게 늘었으며, 운동이나 다이어트에 많은 돈을 투자하는 여성들도 적지 않다. 다이어트 식품은 비쌀수록 잘 팔린다는 말이 나돌 정도다. 일부 도시 여성에게 국한된 얘기긴 하지만 중년 여성들 사이에 골프 붐이 일고 있기도 하다. 돈 많은 애인을 만나려면 골프장에 가야 한다는 우스갯소리도 나오고 있다. 수영이나 등산, 골프, 헬스클럽에 돈과 시간을 투자하는 여성들이 갈수록 늘고 있는 추세다.

중산층이 많이 살며 외식 문화가 크게 발달한 우리 동네에는 점심시간이면 음식점이나 찻집마다 아줌마들로 넘쳐난다. 분위기 있는 집을 찾아 바람도 쐴 겸 멀리 교외로 나가는 아줌마들도 적지 않다. 집안에 틀어박혀 끙끙 속이나 끓이는 것보다 정신적, 신체적 건강에 한결 도움이 되긴 하지만 도가 좀 지나치다는 생각이 드는 것도 사실이다.

자신에게 눈을 돌리고 자신의 삶을 찾는 적극적인 움직임은 손뼉을 치며 환영할 만한 일이다. 그러나 자신과 사회에 도움이 되는 바람직한 방향으로 눈을 돌려야 하지 않을까. 앞으로 우리의 뒤를 따르게 될 여성들에게 본보기가 될 만한 중년 문화를 창조하는 것이 우리 세대의 가장 큰 과제가 아닐까 생각해 본다.

부부가 함께 즐길 수 있는 일을 찾는 건 어떨까. 우리나라 중년들은 유난히 남편 따로 부인 따로 노는 데 익숙해져 있다. 남자들은 자기들끼리 모이는 술자리에 부인을 동반하기 싫어하고, 여자들은 차를 마시고 외식을 하고 여행을 갈 때 여자들끼리 어울려 다니기를 좋아한다. 어쩌다 이름 붙은 날 부부 동반 모임이라도 제안할라치면 당장 여기저기서 항의가 쏟아진다.

"얘, 남자들 끼면 골치 아파. 하고 싶은 얘기도 마음대로 못 하고 남편들끼리 잘 어울리도록 분위기도 맞춰주어야 하고. 너무 피곤해. 왜 사서 고생을 하니?"

"남편과 놀고 싶으면 둘이 놀아라. 난 부부 동반 모임에 갔다 오면 꼭 싸울 일이 생기더라."

부부란 나이를 먹을수록 서로 의지하고 힘이 되어주어야 하는 동반자다. 가슴 구석구석 미운털이 박혀 있고 이제까지 봐준 것만으로도 충분하다는 생각이 들겠지만, 아예 갈라설 것 아니라면 기왕이면 오순도순 재미있게 사는 게 어떨까. 나이를 먹으면서 혼자 쓸쓸히 늙어가는 것보다는 그래도 옆에 함께 할 누구라도 있다는 게 감사할 날이 올 것이다. 이제부터라도 공통분모를 찾아 작은 일부터 함께 하는 연습을 해보자. 지금쯤 되면 남자들도 좀 기세가 꺾여서 되도록 부인 말에 따르려고 노력할 것이다. 내 경험으로 미뤄볼 때, 밖에서 아무리 재미있고 즐거워도 가정이 화목하지 않으면 공허하고 쓸쓸하다. 기대치를 높이 잡지 말고 그냥 좋은 친구로 편안한 동반자로 노후를 함께 보낸다고 생각하자. 그를 위해서가 아니라 나를 위해서……

적성에 맞는다면 자원봉사를 통해 도움을 주고받는 기쁨을 맛볼 수도 있다. 성당에 열심히 다니는 한 친구는 토요일마다 영아원을 찾아가 아이들 목욕시켜주는 일을 하고 있다. 처음에는 무언가 베푼다는 심정으로 갔지만 시간이 흐르다 보니 천진난만한 아이들과 지내면서 세상 때가 많이 벗겨지는 기분이란다. 자원봉사를 하고 싶다면 각 지역 사회의 사회 복지관에 알아보거나, 박물관이나 도서관, 병원 등 관심 있는 기관에 직접 전화하는 방법도 있다.

여건이 허락되고 용기가 있는 여성들은 그동안 간직해왔던 꿈을 이루기 위해 뒤늦게 공부를 시작하거나 재능을 개발하기도 한다. 요즘 문단에는 문학소녀의 꿈을 버리지 않았던 중년 주부들이 등단하는 사례가 크게 늘고 있다. 또 미술계에도 나중에 뛰어든 주부 미술가들의 활동이 두드러진다. 우리 큰언니도 뒤늦게 배운 유화에 푹 빠져서 새로운 인생을 만끽하고 있다. 제법 비중 있는 공모전에 입상하기도 하고, 교회 행사나 자선 전시회에 출품하면서 자신의 존재감을 새삼 인식하게 된단다. 그동안 전업주부로 살면서 형부나 아이들만 들볶던 시간이 너무 아깝단다.

이밖에 평소 동경하던 작은 찻집을 열기도 하고, 그동안 갈고 닦은 음식 솜씨를 발휘해 작은 음식점을 시작하기도 한다. 문화센터마다 무언가를 배우려는 중년 여성들이 넘쳐나며, 이재에 밝은 여성들은 재테크에 열을 올리기도 한다. 평소 집 꾸미기에 관심이 있던 친구는 인터넷 동호회에 가입해 동호인들과 인테리어 책을 펴내기도 했다. 어떤 길이건 뭔가를 향해 도전한다는 것은 활기를 주고 에너지를 키우는 일이다.

그렇다고 모든 중년 여성들이 자기 개발을 시작하는 것은 아니다. 이제까지 살아온 대로 그냥 주부로서의 역할에 충실하며 자리를 지키는 여성들도 많다. 폐경기가 되었지만 아이들이 아직 성장하지 않은 경우도 있고, 빠듯한 살림에 자신을 위해 투자할 형편이 못될 수도 있다. 병석에 누운 시부모 수발에 하루가 어떻게 지나가는지 모르게 바쁜 일상에 쫓기는 주부들도 많다. 사업에 실패하거나 실직한 남편을 돕기 위해 뒤늦게 생활 전선에 뛰어든 억척 여성들도 적지 않다.

그러나 아무리 삶이 고단하더라도 타성에 젖어 세월이 흐르는 대로 몸을 맡기는 것과 한 번쯤 자신의 삶을 짚고 넘어가는 것은 다르다. 폐경기라는 전환점을 맞아 내 몸과 마음이 어떤 말을 하고 싶어 하는지 귀를 기울여보는 시간은 반드시 필요하다. 폐경기 여성의 발산하지 못한 욕구는 반드시 노년에 질병으로 나타나기 때문이다. 호미로 미리 막을 수 있는 일이 나중에는 서까래로도 막을 수 없게 된다.

우리나라 여성의 평균 폐경 나이는 48세로 미국의 50~51세, 영국의 50.1세보다 조금 이르다. 현재 평균수명이 79.2세이니 폐경을 맞고도 30여 년을 더 살게 된다. 여론조사 결과 아직도 인생의 3분의 1을 남겨 놓고 있는 중년 여성들이 가장 비중을 두는 것은 남편도 아이들도 아닌 자신의 삶인 것으로 밝혀졌다. 긴긴 세월을 가슴속에 잉태해온 자신의 삶을 이제 탄생시키고 싶은 것이다. 고맙게도 이 욕구에 기름을 부어 주는 것이 바로 폐경기의 생리적 변화다.

우리나라 중년 여성들도 이제 조심스럽게 목소리를 높여가고 있다. 지금은 걸음마 수준에 불과하지만 앞으로 중년 아줌마의 파워는 점점 커질 것이다. 그 막강한 힘이 긍정적으로 작용하려면 여성들의 의식이 먼저 달라져야 한다.

폐경기라는 전환점을 맞아
내 몸과 마음이 어떤 말을 하고 싶어하는지
귀를 기울여보는 시간은 반드시 필요하다.

어느새…봄이…, 2002

남 얘기만 같았던 폐경기

중년이 되면 여성들은 언제 폐경이 찾아올까 신경을 곤두세운다. 겉으로는 무신경한 척하면서도 친구 사이의 대화에서 폐경이란 단어가 자주 등장하고 서로 폐경 여부를 확인하기도 한다. 중년 여성에게 폐경이란 가볍게 넘길 수 없는 사건임은 분명하다.

"난 폐경이 되니까 그렇게 속이 후련할 수가 없더라. 생리통이 심해서 며칠 동안은 짜증 속에서 살곤 했거든."

"임신 걱정 없이 잠자리를 즐길 수 있다는 게 이렇게 홀가분할 줄은 몰랐어!"

"나이를 먹으면서 생리할 때마다 냄새가 더 심해져서 신경이 쓰였는데 끝나고 나니까 기분이 산뜻해."

44

폐경 긍정론자들의 주장이다. 그러나 폐경이 생각보다 충격적이었다고 고백하는 친구들이 더 많다.

"그날이 되었는데 생리를 하지 않아서 처음에는 임신인가 걱정했어. 그런데 검사해보니 임신은 아닌데 계속 생리가 없는 거야. 기분이 묘하고 괜히 맥이 빠지는 거 있지."

"폐경이 되니까 생리를 할 때보다 갑자기 늙은 기분이야. 생리를 하면 괜히 더 젊은 거 같지 않니? 여자로서의 생명은 끝났다는 기분이 들더라."

폐경이란 단어는 무엇이 끝나고 닫힌 것 같은 이미지를 준다. 그러나 실제로 닫히는 건 남을 위해 흘려보내던 에너지의 문이다. 우리 몸이 더 이상 가족이나 다른 사람을 위해 에너지를 쏟아 붓지 않고 자신을 위해 에너지를 축적하도록 지혜를 발휘하는 것이다.

폐경기(menopause)라는 단어는 '남자로부터 자유로워지다(pause from men)'라는 말에서 유래했다. 실제로 폐경기를 맞은 여성들은 모든 것- 특히 사람- 에서 벗어나 오로지 자신을 위해 일하고 싶은 생리적 욕구에 휩싸인다. 폐경기 여성들의 공통적인 희망 사항은 혼자 있는 시간을 갖고 싶다는 것과 주변의 요구와 혼란에서 자유로워져 평화와 고요함을 맛보고 싶다는 것이다. 이것은 막연한 바람이 아니라 매우 간절한 소망이다. 영혼 깊숙한 곳으로부터 우러나오는 진지한 갈망이다.

이런 정신적 갈망은 여러 신체적 증상으로 나타난다. 대부분의 여성들은 월경이 완전히 정지하기 전까지는 아무런 증상도 나타나지 않는다고 믿고 있다. 그러나 실제로 폐경이 되기 이전에 우리 몸은 여러 증상을 통해서 폐경기가 가까웠음을 알려준다. 우리가 흔히 말하는 갱년기 증상, 폐경기 증후군이 바로 그것이다. 이런 증상은 때로는 폐경이 시작되기 10년 전부터 나타나는 경우도 있는데 주로 2~8년 동안 지속된다.

자연적으로 폐경기를 맞을 경우 1년 전까지는 전혀 폐경을 예측할 수 없다. 그러나 폐경이 가까워지면 월경 주기가 불규칙해지며 심지어 6개월에 한 번 월경을 하는 경우도 있다. 의학적으로 폐경이란 1년 이상 무월경인 상태를 말하며, 배란이 완전히 멈춤으로써 호르몬 부족 현상이 나타나는 것을 말한다. 대부분의 여성들은 40세부터 호르몬 변화를 겪기 시작한다. 40세가 되면 골밀도가 낮아지기 시작하고, 44세가 되면 배란이 불규칙해지면서 월경을 건너뛰거나 양에 변화가 생긴다. 그러나 폐경기를 앞두고 겪게 되는 여러 증상은 치료가 필요한 질병이 아니라 정상적인 과정이라는 점을 잊지 말자.

우리나라 폐경기 여성의 60~70퍼센트는 가볍든 심각하든 신체적, 정신적 변화를 겪는 것으로 조사되었다. 흔히 겪는 신체적 증상은 갑자기 몸에 열이 확 오르고 얼굴이 화끈거리는 안면 홍조와, 자면서 땀을 많이 흘리고 자주 깨는 수면 장애, 느닷없이 심장이 두근거리는 증상, 유난히 건조해지는 피부, 여기저기 쑤시는 요통이나 관절통, 자궁근종 등이다. 정신적인 변화로는 기분 변화가 심하고 걸핏하면 신경질이 나며 상실감, 우울함, 억울함, 건망증 등을 주로 느끼는 것으로 나타났다. 이처럼 이제까지 느껴보지 못했던 신체적, 정신적 증상들을 겪으면서 새로운 세계의 문턱을 넘을 준비를 하는 것이다.

나는 아직 폐경이 되지 않았지만 주위에는 폐경을 맞은 친구들이 제법 있다. 예전에 우리 어머니 세대에 비해 초경을 일찍 시작했기 때문에 폐경도 이르다고 한다. 폐경을 맞은 친구들은 대체로 충격을 받았다고 토로한다. 한 달에 한 번 마술에 걸리는 번거로움에서 벗어나면 편할 것 같았는데 왠지 허전하고 알맹이 빠진 호두 같은 기분이라는 것이다. 여자의 가치가 생식 능력으로 평가되는 게 아니라고 우기면서도 생산 능력을 잃은 고물 기계 같은 느낌을 떨쳐버릴 수가 없다고 한다. 월경이 그치면서 몸도 여기저기 이상이 나타나기 시작했다고 불평한다. 몸이 새롭게 재편성되는 과도기적 과정을 겪는 것이다.

그러나 한 50대 부인은 이런 혼란의 시기가 지나면 영혼이 한 단계 승화된 것 같은 기분이 든다는 멋진 말을 해주었다. 폐경을 앞둔 나는 약간 두렵기도 하지만 영혼이 승화된 기분이란 어떤 것일까, 막연히 기대하고 있다.

사람마다 증상이 각각 다르지만, 자신이 어떤 믿음을 가지고 있느냐가 폐경기 증후군에 큰 영향을 미친다. 마음속으로 어떤 증상을 겪게 될 것이라고 예상하면 실제로 그 증상을 경험하게 된다는 사실이 믿어지는가. 하지만 실제로 그렇다. 폐경기 증후군은 호르몬에 의한 신체적 변화뿐 아니라 정신적 변화와도 깊이 연결되어 있기 때문이다. 따라서 어떤 증상이든 기꺼이 받아들이겠다는 긍정적인 자세를 갖고 있으면 증상은 한결 가벼워진다. 또 친정 엄마의 폐경기 경험이 강력한 암시가 될 수도 있다. 엄마의 증세가 심했기 때문에 나도 그대로 답습하게 될 것이라는 생각에서 벗어나야 한다. 엄마와 다른 증상이 나타날 것이라고 믿고 자신에게 새롭고 바람직한 정보를 입력하면 실제로 믿음대로 된다. 자신과의 대화를 통해 서로 타협의 길을 모색하는 것이다. 자신과의 관계도 다른 사람과의 관계와 마찬가지로 끊임없는 대화와 노력이 필요하다. 그리고 정성을 기울인 만큼 반드시 보답을 받는다.

현재 폐경기 증상을 경험하고 있는 여성들은 언제까지 이런 증상이 계속될지 불안할 것이다. 그러나 현재 겪는 증상은 일시적인 산고에 불과하다. 호르몬 변화를 통해 우리의 관심을 출산에서 자신의 성장으로 전환시키는 일시적인 전환점이다. 따라서 그 목적이 달성되면 저절로 사라진다. 자연적인 폐경기 증후군은 개인차가 있지만 대개 5~10년 동안 지속된다. 처음에는 증상이 서서히 심해지다가, 변화의 정점에 있을 때 최고에 달하며, 새로운 호르몬 체계에 적응하는 말기가 되면 정도가 약해지면서 마침내 사라진다.

폐경기 증후군을 신이 준비한 오아시스 같은 곳이라고 생각해보

자. 목적지에 도착하기 전에 잠시 목을 축이고 쉬면서 힘을 보충하는 곳이다. 지나온 길을 돌아보고 앞으로 나아갈 길을 준비할 수 있는 쉼터다. 폐경기라는 전환점이 없다면 우리 인생은 너무 지루하지 않을까? 신이 준비한 그 오아시스에서 무거운 짐을 내려놓고 마음껏 쉬어가자.

자신과 주변의 에너지를 키우자

우리 몸은 에너지 저장고다. 심장이 뛰고 피가 돌며 모든 장기가 제 기능을 발휘하는 신체 에너지는 물론, 감정과 영혼을 움직이는 영적 에너지도 모두 우리 몸 안에 들어 있다. 그 저장고에서 에너지를 꺼내서 쓰느냐 잠자게 내버려두느냐는 우리 자신에게 달려 있다.

에너지를 일깨우는 가장 좋은 방법은 자신이 좋아하는 일을 하는 것이다. 우리의 건강은 좋아하는 일을 할 때 최고의 상태를 유지한다는 사실이 과학적으로 증명되었다. 그러나 세상살이가 어디 그렇게 마음대로 되는가. 원하는 일만 하며 살 수는 없더라도 최소한 에너지 흐름을 억제하고 방해하는 요소들을 개선할 수는 있다. 중년 여성들은 20년이 넘는 세월을 다른 사람을 위해 자신의 의지를 희생하며 살아왔다. 그 억제된 에너지는 몸 안에 쌓여 밖으로 표출될 날을 기다리고 있다. 우리의 막힌 에너지는 나 자신은 물론 다른 사람에게도 좋지 않은 영향을 미친다. 우리가 마음속에서 진정으로 원하지 않는 일은 다른 사람에게도 진정한 도움이 될 수 없다. 반면 마음껏 발휘된 에너지 파장은 다른 사람의 잠자는 에너지도 깨우는 힘을 지닌다.

자신이 원하는 일을 찾기 위해서는 어느 정도 실험 기간이 필요하다. 사람에 따라서는 그 기간이 남들보다 오래 걸릴 수도 있다. 더이상 자신의 역할이 아닌 일－엄마나 아내－에 미련이 있거나 오랜 기간 그런 역할에 얽매여 살아온 여성들은 미래에 대한 불안이나 두려움에 사로잡힐 수도 있다. 그러나 가고 싶은 목적지가 있다면 동경만 할 게 아니라 그곳으로 가는 기차에 과감히 올라타고 앞으로 나아가야 한다.

고등학교를 졸업하자마자 결혼해서 25년을 뚝 부러지게 살림만 해 온 동창이 있다. 열아홉에 첫아이를 낳은 후 계속해서 아이 셋을 키우며 남편 뒷바라지에 온 정성을 기울인 친구였다. 일찍 결혼한 탓에 지금 아이들은 모두 장성해서 대학에 다니고 있다. 그 친구는 막내가 대학에 입학함과 동시에 남편과 아이들에게 선언했다.

"엄마도 이제부터 공부해서 대학에 갈 거다!"

그 친구의 꿈은 심리학을 전공해서 전문 카운슬러가 되는 것이었다. 고등학교 때부터 조숙했던 친구는 다른 아이들의 고민을 잘 들어주곤 해서 '상담 소장'이란 별명이 있었다. 세 아이를 대학에 입학시킨 수험생 엄마였던 장점을 발휘해서 친구는 2년 동안 어린 학생들과 함께 재수학원에 다니는 극성을 발휘한 끝에 마침내 올해 한양대학교 심리학과에 합격하는 기쁨을 맛보았다. 집이 안산이라서 안산에 캠퍼스가 있는 한양대학교를 지원한 것이다. 입학 축하 턱을 내는 자리에 청바지에 흰색 남방, 청재킷을 걸치고 나타난 친구에게서 나는 신입생의 싱그러움을 느꼈다. 마흔이 넘은 대학생 친구의 얼굴에는 오랫동안 소망하던 꿈을 이룬 '순수한 기쁨'이 눈부시게 빛나고 있었다.

여성들의 창조적 에너지는 아이를 돌보는 시기에는 억제되어 있다가 중년에 접어들어서야 비로소 자유를 얻는다. 그 자유로워진 에너지를 활성화하기 위해서는 에너지가 밀집되어 있는 에너지 센터를 먼저 보강해야 한다. 우리 몸에는 일곱 군데의 에너지 센터가 있다. 기가 뭉쳐 있는 이 부위를 산스크리트어로 '차크라chakra'라고 부른다. 차크라를 자극해서 깨어난 에너지는 뇌로 전달되어 뇌를 깨운다. 그리고 뇌가 깨어나면 침체해 있던 몸과 마음과 영혼도 함께 깨어난다.

내 안에 어떤 에너지가 들어 있으며 내가 보충해야 할 에너지는 무엇일까? 그리고 에너지를 보충하는 나만의 방법은 무엇일까? 마흔을 전후한 시기에는 우리 몸에서 깨달음으로 인도하는 지혜의 에너지가 발산되면서 몸의 각 에너지 센터를 자극한다. 이때 각 에너지 센터에 해결되지 않은 감정이 남아 있다면 활성화된 에너지와 부딪쳐 신체적 질병을 유발하게 된다. 여기에는 우리가 폐경기 증후군이라고 부르는 증상들도 포함된다. 폐경기 증후군은 내면의 인도자가 에너지 센터의 문을 두드리며 그 부위에 좀 더 많은 빛과 지혜를 보내야 한다고 외치는 소리다. 질병의 희생양이 되지 않고 새로운 에너지를 받아서 그 에너지를 누릴 기회를 얻기 위한 몸의 지혜라고 할 수 있다.

각 에너지 센터는 각각 다른 감정과 신체 기관을 관장한다. 어떤 에너지 센터가 어떤 감정과 관계되어 있으며, 신체의 어떤 부위의 건강과 연결되어 있는지 아는 것은 매우 중요하다. 자신에게 부족한 에너지 센터를 파악하고 보강할 수 있기 때문이다. 뒷장에 이어지는 표는 각 에너지 센터와 그에 관련된 신체 기관이나 감정을 정리한 것이다.

내가 약한 에너지 센터는 어느 곳인가? 그 원인을 추적해보면 감정적인 문제가 그 에너지 센터의 에너지 흐름을 방해하고 있다는 사실을 발견하게 된다. 그러나 자신의 해결되지 않은 감정 상태를 파악하고 인정하면 그 부위의 에너지는 다시 점화되기 시작한다.

한 에너지 센터의 에너지가 막혀 있으
면 다른 에너지 센터의 흐름에도 방해
가 된다. 반면 막혀 있던 에너지 센터의
흐름이 원활해지면 다른 에너지 센터의
건강도 함께 증진된다. 눈을 감고 조용
히 에너지 흐름을 따라가 보자. 어느 부
분에서 답답하고 막힌 느낌이 드는가?

에너지를 키우는 방법에는 여러 가지
가 있다. 내가 아는 방송작가 언니는 요
즘 단전호흡에 푹 빠져 있다. 여기저기
몸이 쑤시고 아파서 친지의 권유로 시
작했는데 날이 갈수록 몸이 건강해지
고 마음까지 밝아진다는 것이다. 단전
호흡은 몸 안의 에너지가 집중되어 있
는 부위를 호흡으로 자극해서 에너지를
키우는 방법이다.

에너지를 고쳐하는 방법을 찾기 위해
시행착오를 거치거나 이곳저곳을 헤맬
수도 있다.

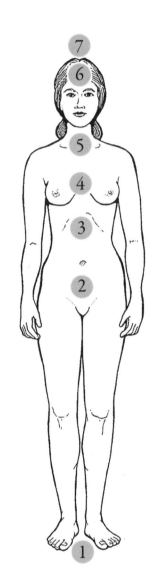

에너지 센터	신체 기관	정신과 감정상의 주요 주제
7	모든 기관	• 삶의 목적과 의미를 파악 • 신이나 우주 에너지와의 연결
6	머리 (뇌, 눈, 귀, 코, 송과선)	• 통찰력과 직관력을 관장 • 자제력과 자유로움을 조절
5	목 (갑상선, 기도, 목뼈, 인후, 입, 이, 잇몸)	• 감정을 조절 • 말하거나 듣는 의사소통 • 강인함과 유순함을 결정

4	가슴
	(심장, 혈관, 폐, 늑골, 어깨,
	유방, 횡격막, 식도 상부)
		• 감정을 깊이 느낌
		• 사랑, 기쁨, 분노, 적대감, 슬픔,
		  용서를 표현하고 해결
		• 자신을 돌보는 것과 다른 사람을
		  돌보는 것 사이의 균형 유지
		• 유대 관계 유지 또는 혼자 지내기

3	배 (복부, 내장 상부, 간, 쓸개, 식도 하부, 위, 신장, 췌장, 부신, 비장, 중간 척추부)	• 자긍심, 자신감, 자부심을 관장 • 경쟁심이나 승리, 패배 • 지나친 책임감이나 책임감 결여 • 중독(설탕, 알코올, 약물, 담배 등)
2	골반 기관 (자궁, 난소, 질, 자궁경부, 대장, 척추 하부, 골반, 맹장, 방광)	• 인간관계, 섹스, 돈 • 임신과 생식력 • 개인적인 창의성, 다른 사람과 공동 창조 • 능동적 혹은 수동적인 인간관계
1	골격과 내분비계 (혈액, 근육, 뼈, 척추, 면역계)	• 안정감과 평안에 대한 욕구 • 언제 믿고 언제 안 믿어야 할지 아는 것 • 두려워할 때와 그렇지 않을 때를 아는 것 • 독립성과 의존성의 균형 찾기

어려서 엄마가 돌아가시고 아버지가 재혼을 해서 외할머니 슬하에서 자란 후배가 있다. 후배는 자기를 키우느라고 고생하시던 외할머니를 보며 커서 꼭 할머니 은혜에 보답하리라고 늘 다짐했다. 그런데 외할머니는 후배가 고등학생 때 병으로 세상을 떠나셨다. 어려운 형편이라 병원 한 번 제대로 가보지 못하고 돌아가신 외할머니가 후배의 가슴속에 커다란 한이 되어 남았다.

혼자 남게 된 후배는 등록금 부담이 적은 교대에 진학했다. 초등학교 선생님이 되어 20년을 어린이들에게 사랑을 베풀어 온 후배는 몇 년 전 20년 근속을 끝으로 학교를 떠났다. 결혼도 하지 않고 혼자 살았던 후배는 학교를 그만두자 심한 상실감에 사로잡혔다.

"언니, 시간이 남아도니까 뭘 해야 할지 모르겠어. 아이들과 씨름하다 보면 금방 지나가던 하루가 이렇게 긴 시간인 줄 몰랐어. 아침에 일어나면 오늘은 또 어떻게 보내야 할지 막막하기만 해."

후배는 이렇게 하소연했다. 평생교육원에 십자수를 배우러 다니기도 하고, 시간을 때우기 위해 여기저기 기웃거리던 세월이 일 년 가까이 흘렀다.

어느 날 교회에서 호스피스 봉사자를 모집한다는 광고를 보고 나는 그 후배에게 전화를 걸었다.

"경화야, 좋은 일이니까 한번 해볼래? 보람을 느끼면서 시간도 보낼 수 있을 거야."

후배는 호스피스 교육을 받고 가까운 병원에 자원봉사를 나가기 시작했다. 그곳에서 병들어 죽어가는 할머니들을 돌보며 후배는 비로소 마음 깊이 상처로 남아 있던 외할머니에 대한 한을 풀어가기 시작했다. 그 일이 후배가 정말 원하던 일이라는 생각이 들었다. 후배는 할머니들을 지극 정성으로 돌보았다. 병원 한 번 가보지 못하고 돌아가신 외할머니에 대한 보답이었다. 병원에서는 후배에 대한 칭찬이 자자했다. 후배는 밤에도 병원에 남아 무료로 할머니들을 간병하고 있다. 나는 가끔 힘들 때면 간식거리를 사서 병원으로 후배를 찾아간다. 자기가 원하는 일을 하는 사람의 빛나는 에너지를 나누어 갖고 싶어서다.

진정한 자신을 찾아 미지의 세계로 첫걸음을 내딛는 일은 우리가 이제까지 살면서 해온 일 중에서 가장 힘든 일일 것이다. 그러나 새로운 길을 용감하게 개척하다 보면 어느덧 두려움은 사라지고 탐험과 발견의 짜릿한 흥분을 맛보게 된다. 우리도 이제 다른 사람의 식민지로 살았던 오랜 세월을 청산하고 자신의 독립을 쟁취해서 자치령을 선포하자. 안락함을 보장해준다고 해서 식민지 상태로 남아 있고 싶은가. 아니면 고통스럽고 힘들더라도 자신의 독립을 이룩하고 싶은가. 처음에는 두렵고 괴롭고 외롭겠지만 시간이 흐르면서 진정한 자신을 찾았을 때 환희를 체험하게 될 것이다.

에너지 부양책은 자신의 내부에만 관계된 일이 아니다. 외부 환경이나 유대 관계를 맺은 사람들과의 관계를 통해서도 가능하다. 내가 마흔 살이 지나면서 가장 하고 싶었던 일은 나만의 방을 갖는 것이었다. 남편과 함께 쓰는 안방 말고 나 혼자만의 공간을 갖고 싶었다. 언제 어느 때나 아무 방해도 받지 않고 나 혼자 있을 수 있는 공간이 필요했다. 내면의 자아가 변하고 있는 만큼 그 내면의 새로움에 맞는 환경을 창조하고 싶었다.

마침내 나는 너무 작아 창고로 쓰던 방을 정리하기로 마음먹었다. 버릴 것은 버리고 정리할 것은 정리하니 제법 공간이 만들어졌다. 그곳에 예쁜 커튼을 달고 우아한 나무 책상과 고급스러운 흔들의자를 장만했다. 바닥에는 그린색 카펫도 깔았다. 나만의 전화도 따로 설치했다. 멋진 디자인의 스탠드를 사고 창가에는 아기자기하게 늘어지는 러브체인 화분도 갖다 놓았다. 작은 소품 하나도 정말 갖고 싶은 것으로 장만했다. 큰돈은 아니었지만 날 위해 아낌없이 투자했다. 이렇게 정성을 들인 방은 내게 많은 걸 선사했다. 난 그곳에서 내 에너지를 마음껏 발휘할 수 있었다.

내 방을 만들자 이번에는 아이들을 키우느라고 너저분하게 짐이 늘어난 집을 정리하고 싶었다. 평소 풍수지리에 관심이 많던 나는 실내 장식에도 풍수지리가 중요한 구실을 한다고 생각했다. 집은 우리가 늘 거주하는 장소이기 때문에 기의 흐름에 맞게 인테리어를 바꾸면 그 원활한 흐름이 삶의 여러 분야에 영향을 미칠 수 있다는 게 내 생각이다.

최근 들어 집안의 공간 배치에 따라 자신이 원하는 삶의 특정 영역을 개선하고 변화시키는 풍수지리 인테리어가 각광을 받고 있다. 그렇다면 내가 추구하고 보강하고 싶은 것은 무엇일까? 건강, 화목, 사랑, 번영, 도움이 되는 사람 등 자신이 원하는 것에 따라 집안의 특정한 장소를 보강해보자.

풍수지리에 따라 집안을 바꾸고 나서 처음에는 상황이 더 나빠진다는 기분이 들 수도 있다. 마치 봄에 대청소를 할 때 먼저 쓰레기를 치워야 하는 것과 같은 이치다. 삶의 한 영역을 보강했다고 바로 효과가 나타나는 것은 아니다. 먼저 진심으로 원하는 것을 가로막고 있는 요소들을 제거하는 과정이 필요하다.

바라볼 때마다 눈에 거슬리는 물건이 있다면 과감히 치우자. 왠지 마음이 끌리는 곳이 있다면 가능하면 그곳에서 많은 시간을 보내자. 어떤 마음이 일어난다는 것은 그냥 생기는 감정이 아니다. 필요하기 때문에 생기는 감정이다. 자신의 작은 감정을 소홀히 하지 않는 세심함이 우리의 에너지를 한층 키워줄 것이다.

자신의 안과 밖의 에너지를 키우는 것은 중년 이후의 삶을 준비하는 필수 과정이다. 반드시 거창할 필요는 없다. 작은 만족감도 내면의 에너지를 활성화시킨다. 우리가 자신의 욕구를 무시하지 않고 충족시킬 때 우리의 자아는 자부심을 가진다. 그 자부심은 우리에게 많은 에너지를 선사한다.

　중년 이후의 삶을 이끄는 것은 내면의 에너지다. 그 에너지가 고갈되면 우리는 각종 질병에 시달리거나 정신적 스트레스를 겪게 된다. 반면 내공의 힘이 강화된 여성들은 웬만한 문제들은 수월하게 넘긴다. 자신의 에너지를 분발하는 방법은 각자 다를 수 있다. 자신만의 에너지 부양책을 만들어 조금씩 그러나 용기 있게 실천해가자. 이기적인 일이 아니다. 에너지가 넘치게 되면 우리는 그 에너지를 다른 사람을 돕는 일이나 사회적인 발전을 위해 사용할 수 있게 될 것이다.

2

몸의 소리, 마음의 소리

자궁 혹 떼어낸 게 엊그제인데

이번엔 유방을 째자고 한다

누구는 이 나이 되면 힘도 권위도 생긴다는데

내겐 웬 혹만 생기는 것일까

혹시 젊은 날 옆집 소년에게

몰래 품은 연정이 자라 혹이 된 것일까

가끔 아내 있는 남자들 훔쳐봤던 일

남편의 등뒤에서 숨죽여 칼을 갈며 울었던 일

집만 나서면 어김없이

머리칼 바람에 풀어 헤쳤던 일

그것들이 위험한 혹으로 자란 것일까

하지만 떼내어야 할 것이 혹뿐이라면

나는 얼마나 가벼운가

끼니마다 칭얼대는 저 귀여운 혹들

내가 만든 여우와 토끼들

내친김에 혹 떼듯 떼어버리고

새로 슬며시 시집이나 가볼까

밤새 마음으로 마음을 판다

문정희, 〈혹〉

중년에는 뇌가 새롭게 변화한다

우리의 삶에서 신체적, 정신적으로 가장 깊은 영향을 미치는 것은 인간관계다. 그리고 그 인간관계를 결정짓는 것은 어려서부터 형성된 뇌의 기억이다. 어린 시절에 따뜻한 우유와 보송보송한 기저귀와 함께 포근한 품에서 자란 아이들은 자기 자신이나 다른 사람에 대해 신뢰감을 갖는다. 다른 사람과의 관계에서 욕구가 충족되고 뜻이 받아들여지면 자신이 소중한 사람이라는 자부심을 느낀다. 이런 감정은 나중에 엄마 역할을 하는 데도 많은 영향을 미친다. 행복하고, 건강하고, 충분하게 사랑을 받으며 자란 엄마들은 조건 없는 사랑과 헌신적인 보살핌으로 아이에게 신뢰감을 심어준다.

그러나 사랑을 받지 못하고 자란 사람들은 충분한 사랑을 베풀지 못한다. 울음으로 욕구를 표시할 때 엄마가 무시하거나 질책한다면 아이는 세상에 대해 어떤 이미지를 갖게 될까? 다른 사람에게 신뢰감을 느끼지 못할 뿐 아니라 심한 경우 두려움까지 느낀다. 어린 시절 뇌에 입력된 감정들은 평생 동안 인간관계에 지대한 영향을 미친다. 부정적인 감정들은 자라는 과정에서 다시 강화되지 않는다면 자연스럽게 사라진다. 하지만 오랜 기간 지속될 경우 많은 노력이나 전문가의 치료가 필요한 정신적인 문제로 발전한다. 나는 왜 지금처럼 느끼고 선택하며 행동하게 되었을까? 그 해답은 뇌를 형성하는 근원인 어릴 적 경험에서 찾을 수 있다. 자신의 과거를 이해함으로써 현재의 부정적인 인간관계를 변화시킬 수 있는 것이다. 폐경기의 호르몬 변화는 이런 통찰력을 얻게 해준다.

묵묵히 참고 살던 며느리가 어느 날 시어머니에게 대들기 시작하는 용기는 어디서 나오는 것일까? 남편 비위 맞추기에 급급하던 유순한 아내가 갑자기 또박또박 말대답을 해가며 따지고 드는 힘은 또 어디서 나오는 것일까? 좋은 게 좋은 거라고 두루뭉술하게 덮어두고 감싸며 넘어가던 태도가 언제부터인가 옳고 그른 것을 가리고 부당한 것에 항의하는 분명한 태도로 바뀌는 원동력은 도대체 무엇일까?

폐경기에 가장 두드러진 변화를 보이는 것은 뇌와 호르몬이다. 이 시기에 일어나는 호르몬 변화는 뇌를 새롭게 재편성한다. 그러나 우리는 호르몬의 변화가 뇌에까지 영향을 미친다는 사실은 전혀 모르고 있다. 폐경기에 호르몬 변화로 점화된 뇌는 체온이 올라가듯 실제로 열을 받는다는 사실이 과학적으로 증명되었다. 변화된 뇌는 중년 여성들에게 불공평한 것에 냉철한 판단력을 갖게 하고 자기 의견을 주장할 용기를 부여한다. 여성을 좀더 지혜롭고 당당하게 만드는 것이다.

중년은 그동안 축적된 에너지가 배출구를 찾아 분출되는 시기이다. 그러나 가정이나 직장의 평화를 지킨다는 명목으로 할 말을 참거나 솟아오르는 창조적 욕구를 억제한다면 내면의 팽창된 에너지는 적절한 배출구를 찾지 못한다. 이것은 마치 압력솥의 증기 배출구를 막아 놓은 것과 같아서 언젠가는 반드시 폭발하게 마련이다. 반면 뇌의 경고를 존중해서 마음에 쌓인 것들을 밖으로 쏟아 놓는 여성들은 갈등을 미리 예방하는 현명한 사람들이다.

많은 폐경기 여성들이 부부 생활에 심각한 위기를 느끼고 있다는 것은 이제 공공연한 사실이다. 폐경기 여성들은 변화 중인 뇌의 영향으로 초조하고 불안하며 감정적으로 폭발하기 쉬운 상태로 변한다. 여기에 각종 스트레스 요인까지 가세한다면 어떤 현상이 나타나겠는가. 폐경기의 호르몬 상태가 정상이라면 심각하지 않은 문제들은 이전처럼 쉽게 참고 넘길 수 있다. 그러나 감정적 스트레스로 호르몬의 불균형이 지속되면 불에 기름을 부은 것처럼 걷잡을 수 없는 감정의 폭발이 일어나게 된다. 이것은 신체의 질병을 악화시키는 요인이 되기도 한다.

중년에 접어들면서 당뇨병으로 시달려온 한 선배가 있다. 바람기 많던 그 선배의 남편은 50대에 급기야 다른 여자와 살림을 차려 딸까지 낳았다. 그렇지 않아도 폐경기 우울증으로 심신이 지쳐 있던 선배에게는 커다란 충격이었다. 극심한 배신감은 선배의 혈당량에 치명적인 영향을 미쳤다. 폐경기 호르몬 변화에 혈당량 파동까지 겹쳐 선배의 건강은 급속도로 악화되었다.

결국 병원에 입원해서 철저한 식이요법으로 혈당량을 조절하고 호르몬 요법을 사용했으나 병세는 크게 호전되지 않았다. 선배가 입원해 있는 동안에도 그 남편은 한 번도 얼굴을 내밀지 않았다. 선배의 분노는 약물의 효과를 상쇄하고도 남을 만큼 강력했다.

참다못한 선배는 병원을 뛰쳐나와 남편이 다른 여자와 살고 있는 집에 쳐들어갔다. 병원에서 휠체어를 타고 다니던 선배에게 어디에 그런 힘이 남아 있었는지 온 집안 살림을 박살내고 돌아왔다. 그 후 선배는 오랜 세월 병원 신세를 져야 했다. 정신적인 스트레스를 받지 않았다면 조절이 가능했을 당뇨병이 크게 악화되었을 뿐 아니라, 과다한 인슐린 작용으로 인해 유방암까지 걸렸기 때문이다.

중년의 뇌가 조정 작업을 거치는 동안 우리는 불면증이나 우울증,

건망증 같은 혼란스러운 증상을 경험하기도 한다. 그러나 이런 변화는 지극히 정상적인 과정이라는 점을 잊지 말자. 일반적인 인식처럼 뇌가 서서히 노화와 침체의 늪에 빠져드는 것은 절대 아니다. 단지 인생의 여정에 놓인 하나의 장애물에 불과하다. 가벼운 정신적 장애를 느낀다고 증상을 부정하거나, 약물로 치료하려 들거나, 명상 같은 정신 수련에 지나치게 의존한다면 성공적인 결과를 거둘 수 없다. 그보다는 솔직하게 자신의 증상을 인정하고 그 뒤에 숨어 있는 내면의 메시지에 따라 삶의 방식을 바꾸는 자세가 필요하다.

폐경기 뇌의 변화 중 가장 두드러진 현상은 기억력 감퇴와 건망증이다.

"난 무선 전화기를 냉장고 속에 두고 얼마나 찾았는지 몰라."

"요즘은 아침에 그날 할 일을 적지 않으면 잊어버리기 일쑤야."

"더 이상 나한테 어떤 일이 있었던 게 언제냐고 묻지 마. 전혀 기억이 나지 않아."

"사람 이름이나 전화번호 외우는 건 포기한지 오래야. 물건을 어디에다 뒀는지 찾는 것도 이젠 지겹다."

요즘 친구들끼리 만나면 흔히 하는 말이다. 백과사전이라는 별명이 붙을 정도로 기억력이 특별하고 총기 있던 친구도 달라지긴 마찬가지다. 뇌의 논리적인 부위가 직관에 귀를 기울이기 위해 잠시 휴식을 취하는 것이다. 앞으로의 삶을 좀더 지혜롭고 유익하게 보내는 데 필요한 새로운 시스템을 재편성한다고 생각하자. 흔히들 걱정하는 알츠하이머성 치매와는 전혀 관계없는 증상이다.

뇌를 나무에 비유해보자. 나무가 잘 자라고 멋진 모양이 되려면 필요 없는 가지를 잘라주어야 한다. 나이를 먹으면서 신경세포가 손실되는 것도 불필요한 가지를 쳐내는 것과 같다. 그러나 신경세포가 줄어드는 대신 그들 사이의 연결 고리는 증대된다. 이 연결 작용은 나이를 먹을수록 증가해 사물을 종합하는 능력이 점점 커진다. 지혜로워지는 것이다. 나이를 먹고 경험이 풍부해지면 뇌는 더욱 정교하고 능률적으로 변해간다는 사실을 잊지 말자.

나도 건망증만큼은 타의 추종을 불허한다. 젊어서부터 그랬으니 나이를 먹어서는 오죽하랴. 이젠 친구들도 한 자리에 앉아 있다 나올 때면 으레 내가 뭘 빠뜨리지 않았는지 둘러보곤 한다. 무엇을 부탁하고 나서도 몇 번씩 확인 전화를 한다. 어떤 때는 스스로도 짜증이 난다. 일을 한 번에 처리한 적이 별로 없다. 도장을 빠뜨리고 가서 도장을 챙겨 가면 다시 주민등록증을 놓고 가는 식이다. 아이들이 어렸을 때는 옆에서 자고 있던 아들을 택시에 놓고 내린 적도 있었다.

얼마 전에는 동생 집에 갔는데 겨울이라서 긴 부츠를 신었다. 동생 집에서 나오면서 차에 타면 바로 벗으려고 부츠의 지퍼를 잠그지 않고 그냥 걸치고 나왔다. 그런데 집에 다 와 차에서 내리려니 신발이 없는 게 아닌가! 신발을 먼저 벗고 차에 탔던 것이다. 덕분에 집까지 남편 등에 업혀 들어오는 호사를 누렸지만 한심한 듯 바라보던 남편의 눈길을 잊을 수가 없다. 건망증으로 인한 사건 목록을 다 적자면 책 한 권도 거뜬히 만들 수 있을 것이다.

중년의 기억력 감퇴는 정해진 시간에 지나치게 과다한 부담을 느낄 때도 나타난다. 여기저기서 걸려오는 전화때문에 통화량이 너무 많아지면 과부하가 걸려 제대로 전화가 연결되지 않는 것처럼 지나친 부담은 기억을 막는다. 뭔가 기억하려 할 때 바로 생각이 나지 않거든 긴장을 풀고 다른 일을 하면서 뇌가 저장된 정보를 꺼낼 수 있도록 충분한 시간을 주는 게 좋다. 기억이 나지 않는다고 자신을 책망하거나 근심하는 것은 문제를 악화시킬 뿐이다.

우리 몸과 뇌가 중년에 목소리를 높이는 또 다른 면은 삶의 균형을 주장하는 것이다. 지나치게 지적이고 자제심이 강했던 사람들에게는 좀더 자유롭고 융통성 있고 충동적으로 변하기를 촉구한다. 반면 순간적인 쾌락에 충실하며 감정에 치중하던 사람들에게는 좀더 조직적인 자기 훈련을 하도록 채찍질한다.

한 후배는 불륜 관계로 정신적 부담을 안고 있는 동안 폐경기의 변화를 겪었다. 폐경기 증후군의 증상이 심각해진 건 당연한 결과였다. 결국 후배는 위험을 알리는 사이렌 소리에 귀를 기울이고 삶을 재정비한 다음에야 증상을 극복할 수 있었다. 그 후배는 중견 여류 화가로 화단의 인정을 받으며 제법 큰 규모의 화실을 경영하고 있었다. 그곳에서 뒤늦게 그림을 배우고 싫어 하는 한 젊은 의사를 만나 사랑에 빠지게 된 것이다.

"언니, 난 마치 셰익스피어의 〈한 여름밤의 꿈〉에 나오는 사랑의 묘약을 마신 기분이야. 하루 종일 하늘 높이 날아오르는 연을 타고 두둥실 떠다니는 것 같아. 누군가를 이렇게 미치도록 그리워할 수 있다는 게 신기해. 언니는 '그대가 곁에 있어도 나는 그대가 그립다'라는 시인의 말이 사실이라는 거 모르지? 정말 그래. 함께 있어도 늘 목말라. 그 사람과 있는 시간에는 깊숙이 숨어 있던 진정한 내 모습이 깨어나는 느낌이야. 같은 공간에 함께 살아 있다는 것만으로도 가슴이 벅차. 주말에는 그를 만날 수 없다는 사실만으로 내 가슴은 산산조각 나는 것 같아. 남편이 싫은 건 아냐. 하지만 남편과 함께 있는 시간은 내 가슴을 두근거리게 하지 못해. 난 어쩌면 좋지?"

"그래. 그 사람을 뜨겁게 사랑한다는 걸 알겠어. 그런데 그 사람과의 관계를 통해 네가 얻는 것만큼 잃는 것도 있다는 생각을 해봤니?"

"글쎄, 지금은 마냥 행복하기만 해. 내 앞에 새로운 삶이 펼쳐진 기분이야. 기운이 솟고 활기에 넘치며 훨씬 섹시해졌어. 내가 여자라는 느낌이 들게 해준 사람은 그 사람이 처음이야. 그 사람을 위해서 섹시한 속옷을 사고, 그 사람이 좋아하는 헤어스타일로 바꾸고, 생전 안 입던 드레시한 옷을 사곤 해. 이런 느낌을 경험할 수 있다는 게 너무 감사해."

후배는 사랑에 푹 빠져 아무것도 보지 못했다. 수레바퀴가 한 번 구르기 시작하면 다 굴러 내려와야 멈춘다는 말이 생각났다. 세상을 다 얻은 것처럼 행복해하는 후배의 모습을 난 불안한 마음으로 지켜볼 수밖에 없었다.

황홀감이나 성욕, 창의성을 관장하는 뇌의 측두엽은 10대 후반이나 20대 초반에 가장 활발하게 활동한다. 그리고 성년이 되면 규범이나 규칙, 도덕관을 관장하는 전두엽의 활동에 밀려 잠시 주춤해지다가 폐경기에 다시 점화된다. 중년의 불륜을 옹호하는 말은 아니지만 일상을 벗어난 열정적인 관계는 건강에 도움이 될 수도 있다. 그러나 황홀경과 창의성을 경험하기 위해 불륜이라는 방법을 택하는 것은 얻는 것보다 잃는 것이 더 많다. 섹스나 부자연스럽고 비밀스러운 관계를 통해 기쁨을 추구하는 것은 삶의 진정한 기쁨을 찾으려는 진지한 노력을 가로막을 수 있다.

폐경기에 접어들자 자책감에 시달리던 후배에게 극심한 우울증이 시작되었다. 불륜의 뜨거운 사랑도 우울증을 치료해주지는 못했다. 후배는 여러 달 동안 항우울제인 프로작을 복용했으나 별 차도가 없었다. 우울증은 불면증까지 동반하며 후배를 괴롭혔다. 나는 보다 못해 후배에게 이혼을 하든지 불륜의 관계를 정리하든지 결단을 내리라고 충고했다.

"네가 정말 함께 늙어가고 싶은 사람은 누군지 생각해보렴.

72

이제까지 남편과 쌓아온 삶을 포기해도 좋을 만큼 그 사람과의 관계가 소중하니? 더 이상 시소게임을 하기엔 네가 너무 지친 것 같다. 네가 진정 원하는 쪽으로 결단을 내리도록 해!"

지난겨울 몹시 춥던 어느 날 후배는 엉엉 울면서 전화를 했다. 드디어 그 사람과 헤어지기로 했다는 것이다. 난 겨울 내내 깊은 실연의 상처에 울부짖던 후배를 위로하기에 바빴다. 긴 겨울이 지나고 마침내 새봄이 찾아왔다. 부드러운 봄바람이 후배의 아픈 가슴을 어루만진 덕인지 후배는 하루가 다르게 안정을 찾아갔다. 벚꽃이 눈보라처럼 머리에 쌓이던 공원을 거닐면서 후배는 이렇게 고백했다.

"언니, 정말 고마워. 어떤 결정을 내렸어도 후회는 있었을 거야. 하지만 남편을 선택할 수 있었던 건 언니 덕분이야. 그동안 남편과 함께 견뎌온 그 어려웠던 순간들을 없던 일로 돌릴 수는 없었어. 서로 얼마나 진한 기쁨과 아픔을 함께 나누었느냐가 유대감의 깊이를 결정하는 것 같아. 마음은 아프지만 너무 홀가분해. 이제 남편과 정말 잘 살아볼 수 있을 것 같아."

그 후 후배의 우울증과 불면증은 점점 나아지기 시작했다.

변화에 지친 중년의 뇌를 쉬게 하는 것은 잠이다. 사춘기가 되면 잠이 쏟아지는 것과 마찬가지로 중년에도 수면의 형태가 달라진다. 어떤 사람은 잠이 많아지기도 하고 어떤 사람은 불면증으로 고생하는가 하면 아무런 변화도 느끼지 못하는 사람도 있다. 불면증은 중년의 변화를 한결 힘들게 만든다. 수면이 부족하면 스트레스 호르몬이 증가해서 호르몬 균형을 깨뜨리고 면역계를 약화시킨다. 연구 결과에 따르면 35세 이상 여성의 20~40퍼센트가 수면 장애를 느끼고 있으며 남성보다 불면증에 시달리는 확률이 훨씬 높은 것으로 나타났다. 또 폐경기의 여성들은 같은 연령층의 남성보다 많은 수면이 필요한 것으로 확인되었다.

수면은 신체적, 정신적 에너지를 회복시켜준다. 동물 실험에서도 잠을 자지 못한 동물은 결국 죽고 말았다. 수면이 부족하면 활기가 없고 피로감에 젖으며 신경질적으로 변한다. 또 집중력과 일의 능률이 떨어지고 의욕이 상실되며 잘못된 판단을 할 확률이 많아진다.

폐경기에 겪게 되는 불면증은 분노, 슬픔, 근심 같은 해결되지 못한 감정의 결과인 경우가 많다. 남편과 한바탕 부부 싸움을 벌인 후지친 감정으로 일찍 잠자리에 들었을 때 10시간을 자도 몸이 개운하지 않았던 경험이 있을 것이다. 남편과 같이 자면 숙면을 취하지 못하는 친구가 있다. 어쩌다 남편이 술 먹고 들어와 거실에서 자면 그렇게 달콤하게 잘 수가 없다는 것이다. 이성이 외면하려는 감정 상태를 몸은 정확하게 표현한다.

잠은 낮 동안 배우거나 경험한 것들을 몸이나 마음속에 정리하는 시간이기도 하다. 숙면을 취하고 나면 그 전날 힘들게 배웠던 운동이나 영어 문장이 한결 잘 습득되는 기분을 느꼈을 것이다. 폴리지 않았던 문제를 하룻밤 자면서 생각해서 해결했던 경험도 있을 것이다. 중요한 것은 누구나 몇 시에 자고 몇 시에 일어나야 한다는 획일적인 기준이 아니라 자신의 바이오리듬에 맞추는 것이다. 야행성인 사람에게 아침 일찍 일어나라는 것은 고문이다. 사춘기와 폐경기는 다른 때보다 생리적으로 잠이 많이 필요한 시기다. 몸의 안팎에서 일어나는 많은 변화에 적응하기 위한 몸의 지혜이다. 따라서 충분한 휴식과 수면을 취하는 것이 중요하다. 사정이 허락한다면 잠깐 낮잠을 자는 것도 건강에 도움이 된다.

폐경기의 뇌가 겪는 건망증이나 불면증, 우울증, 되살아나는 과거의 상처 등은 생의 전환기를 준비하는 한 방법이다. 전진을 위한 후퇴로 생각할 수 있다. 아이들이 자랄 때를 생각해보면, 한번씩 아프고 나서 새로운 말이나 행동을 했던 기억이 있다. 새로운 도약을 위해 뇌가 잠시 휴식을 취하는 것이다. 건강만이 축복은 아니다. 치명적이지 않은 질병으로 자신을 되찾는 것도 축복이다. 저명한 정신분석학자인 칼 융Carl Jung은 "신은 질병을 통해 우리를 찾아온다."라고 말했다. 신체적 증상은 영혼을 승화시키는 계기가 될 수도 있다. 우리에게 다가오는 축복의 기회를 간과하지 말고 감사하게 받아들이자.

심장의 문을 활짝 열자

심장은 우리 몸의 중심이다. 그리고 '하트'라는 사랑으로 상징되는 마음의 중심이기도 하다. 심장의 문이 닫혀 있으면 온몸에 신선한 혈액을 공급하지 못할 뿐 아니라 자신이나 남에게 사랑을 충분히 베풀 수도 없다.

우리는 중년이 되어서야 비로소 관심을 갖지만 실제로 심장 질환은 어린 시절에 절망감과 패배감으로 마음의 문을 닫기 시작하는 순간부터 시작된다. 심장 질환은 하루아침에 생기는 증상이 아니다. 심장은 오랫동안 우리의 아픔을 함께 견디고 참아준다. 그러나 우리가 지나치게 길을 벗어나면 마침내 관대함이 한계에 도달한다. 중년은 그동안 겹겹이 닫기만 하던 심장의 문을 활짝 열어 신선한 새 에너지를 받아들일 기회로 우리를 인도한다.

중년이 되면 심장은 우리에게 자신의 욕구에 관심을 기울이라는 경고의 메시지를 보내기 시작한다. 그 메시지는 심장 질환이나 고혈압, 뇌졸중 등의 형태로 나타난다. 충분한 감정 표현이나 인간관계의 재정립으로 심장의 에너지를 키워야 할 시점에 이른 것이다. 심장의 증상은 싸워서 해결할 문제가 아니다. 그 지시에 순응하는 것이 나머지 반생 동안 민감한 심장의 건강을 지키는 길이다. 심장은 우리에게 직접적이고 지속적으로 신호를 보낸다. 그리고 우리가 그 메시지에 귀를 기울이기만 하면 매우 관대하다.

사람의 심장은 하루에 10만 번, 일 년이면 3,600만 번을 뛴다. 우리가 80년 정도 산다고 가정할 때 박동수는 그야말로 천문학적인 숫자가 된다. 따라서 혈관을 수축시키는 요인은 아무리 작은 것이라도 심장의 박동을 힘들게 만든다. 여기에는 신체적 요인도 있지만 정신적 요인도 무시할 수 없다. 콜레스테롤 수치가 높은데도 즐겁고 행복한 기분으로 80세나 90세까지 건강하게 사는 여성들이 있는 반면, 콜레스테롤 수치가 정상임에도 불구하고 우울증과 걱정, 적대감으로 인해 50대 초반에 심장 질환을 얻는 여성들도 많다. 심장과 정신의 밀접한 관계를 잘 설명해주는 본보기다. 심장은 감정의 영향을 가장 많이 받는 신체 기관이다.

나도 심장의 경고를 듣고서야 비로소 그동안 얼마나 스스로를 존중하지 않고 살아왔는가를 깨닫게 되었다. 희생적이며 극기심이 강한 나는 자신보다는 다른 사람에게 초점을 맞추며 살아왔다. 그것은 일종의 자만심이었다. 나는 다른 사람보다 잘 참고 잘 견딜 수 있는 능력이 있으니까 내가 희생한다는 식이었다. 또 능력 있는 여성이라면 남들 앞에 나약한 모습을 드러내지 않고 모든 일을 혼자 처리할 수 있어야 한다고 생각했다. 이런 나의 오만함은 결국 협심증이라는 증상으로 나타났다. 소양인인 나는 체질적으로 심장이 약한데다, 심장의 열을 발산하지 않고 안에 가둬 놓았던 까닭에 경고의 벨이 울린 것이다.

나는 심장의 인도로 진정한 나로 돌아가는 작업에 착수했다. 아니, 변하지 않으면 심장이 더 이상 견디지 못하고 터져버릴 급박한 상황이었다. 그런 심각한 상황이 아니면 내가 변하지 않을 거라는 걸 내 심장은 너무나 잘 알고 있었다. 고집 세고 잘난 척하던 독불장군에서 벗어나야 했다. 인내심과 강인함을 자랑으로 삼던 사고방식도 버려야 했다. 그리고 다른 사람의 도움을 받아들이는 겸손함도 필요했다. 나는 다른 사람이 나에게 무언가를 베풀 여지를 남기지 않았다. 주위에는 늘 나를 위한 음악이 연주되고 있었지만 나는 다른 채널에 다이얼을 맞추고 있었던 것이다. 내가 기회를 주지 않자 주위 사람들은 나를 받아들이고 나를 위해 무언가를 베푸는 방법을 점점 잊어갔다. 나는 내면의 나와 주위 사람들로부터 소외된 외롭고 병든 한 마리의 양이었다.

우선 마음의 문을 여는 방법을 배워야 했다. 나 자신의 약한 모습을 인정하고 도움을 청하며, 도움이 오면 받아들이는 자세가 필요했다. 이런 마음은 쉽고 자연스럽게 얻어지는 게 아니었지만 다행히 중년의 통찰력은 내게 그런 용기를 갖게 해주었다. 나는 힘들고 고통스러운 변화의 과정을 거쳐 마침내 나약하고 보잘것없는 본질을 있는 그대로 인정하게 되었다. '그래, 나 이렇게 모자란 게 많은 사람이다. 그러니까 웬만한 건 좀 봐주라.' 그러자 세상이 그렇게 편해질 수가 없었다.

심장을 가슴속의 뇌라고도 한다. 우리는 흔히 심장이 대부분 근육으로 구성되어 있을 것이라고 생각하지만 심장 세포의 60~65퍼센트가 신경세포다. 이 신경세포들은 뇌에서 발견되는 것과 동일하며, 똑같은 신경전달물질에 의해 작용하는 것으로 밝혀졌다. 심장의 신경세포들은 뇌와 마찬가지로 우리 몸의 정보를 수집하고, 뇌와 의논해서 적절한 조치를 취한다. 놀라운 일이 아닐 수 없다. 가슴으로 생각한다는 말이 실제로 생리적으로 증명된 셈이다.

심장은 또 강력한 전자기를 발생한다. 심장이 만들어내는 전자기장은 몸에서 3~4미터 떨어져 있는 거리까지 영향을 미친다. 심지어 몸에서 1미터쯤 떨어진 곳에서도 심전도를 읽을 수 있을 정도다. 우리가 가까이 있는 사람의 감정을 감지할 수 있는 것도 상대방의 심장이 내보내는 전자기장 덕분이다. 시시각각 느끼는 우리의 감정은 심장으로 전달되며, 심장에 전달된 정보는 전자기의 형태로 두뇌에 직접 영향을 미친다. 따라서 우리가 겪는 사건에 대해 어떤 감정으로 대처하느냐에 따라 심장과 뇌의 반응이 달라질 수 있다. 이런 사실을 감안할 때, 우리가 심장이라는 마음으로 느끼는 감정이 신체의 건강에 얼마나 큰 영향을 미치는지 다시 한번 확인할 수 있다.

50세가 지나서 주로 나타나는 심장 질환은 중년 여성을 죽음으로 몰아가는 가장 주된 요인이다. 폐경기 여성의 '3대 질병'이 심장병, 우울증, 유방암이라는 것도 이런 사실을 뒷받침한다. 흔히 나타나는 증상은 가슴 두근거림(과도한 심장 박동), 동맥경화증, 고혈압, 뇌졸중 등이다. 여성의 심장 발작은 주로 목과 턱, 가슴 위쪽을 통해 나타난다. 여성들의 삶이 할 말을 많이 참아서 가슴에 쌓인 응어리가 많은 것과 무관하지 않을 것이다.

심장 질환은 중년 이후 남성보다 여성에게 2배나 많이 나타난다. 남성들이 분노와 절망감을 외부로 표출하는 데 반해 여성들은 이런 행동이 여성답지 못하다는 이유로 억누르며 자라왔기 때문일 것이다. 감정을 마음속에 묻어두는 것은 심장병의 싹을 키우는 일이다. 폐경기에 나타나는, 심장 박동이 빨라지고 가슴이 두근거리는 증상은 마음속에 해결해야 할 감정이 많이 남아 있다는 증거다. 이 소리를 외면하면 심장은 더 큰 증상으로 우리의 관심을 촉구한다.

이 밖에 카페인도 중년 여성의 심장 박동을 빠르게 만드는 요인이다. 한 잔의 커피에 들어 있는 카페인을 분해하려면 10시간이 걸리므로 경우에 따라서 중추신경계와 심장을 지나치게 자극한다. 나는 커피 향을 워낙 좋아해서 얼마 전까지만 해도 하루에 네댓 잔씩 커피를 마셨다. 그런데 어느 날 평소보다 좀 진하게 커피를 마시자 갑자기 쿵쿵거리는 심장 박동 소리가 귀에까지 들려오는 게 아닌가. 겁이 나서 평소 알고 지내던 의사에게 전화를 걸었다. 의사는 커피를 줄이는 게 좋겠다는 처방을 내렸다. 그 후로는 오전에 그것도 연한 블랙커피 한 잔을 마시는 것으로 만족하고 있다.

동맥경화증은 동맥의 내벽이 두꺼워지거나 단단하게 굳는 것이다. 동맥을 좁아지게 하는 주범은 동물성 단백질에 들어 있는 콜레스테롤과 적개심이다. 최근 실시된 한 연구에서 적개심은 18세 무렵부터 동맥을 굳게 한다는 사실이 밝혀졌다. 이처럼 질병을 일으키는 요인은 신체적 이상만이 아님을 증명하는 연구들이 최근 들어 속속 발표되고 있다. 그렇다면 자신의 삶을 한 번 되돌아보자. 지나치게 금욕적이거나 완벽주의를 추구하고 있지는 않은가. 분노에 사로잡혀 마음과 몸을 병들게 하고 있지는 않은가.

이 밖에 잇몸 질환도 심장 질환이나 뇌졸중과 관계가 있다는 흥미로운 사실이 밝혀졌다. 도대체 잇몸 질환과 심장병이 무슨 관계가 있을까? 연구 결과는 만성 심혈관계 질환자에게 잇몸 질환이 많이 나타난다는 사실을 분명히 보여주었다. 그 원인은 잇몸의 염증이 동맥을 경화시키는 데도 작용하기 때문인 것으로 추측된다. 심장의 건강을 위해서는 이를 잘 관리하는 것도 중요하다는 말이다.

자신을 가치 있고 능력이 있으며 운이 좋다고 생각하는 사람은 심장이 힘차게 뛰게 한다. 반대로 자신에 대한 불만이 커질수록 심장은 의기소침해진다. 연구 결과, 건강 상태가 가장 좋은 여성은 결혼을 했고 직업이 있는 경우로, 아이들이 있고 없는 것은 문제가 되지 않았다. 남편이 협조적이거나 자율성이 보장된 일에 종사할 경우 더욱 건강한 것으로 나타났다. 또 교우 관계나 사교 생활이 왕성한 것도 심장의 건강에 도움이 되었다. 반면에 주권이 보장되지 않았거나, 분노를 표출할 수 없는 환경에 처해 있는 여성들은 심장 질환에 걸릴 확률이 큰 것으로 나타났다. 시간에 쫓기는 것도 건강을 악화시키는 요인이다. 나는 이 중 몇 가지 조항에 해당할까?

심장에 유익한 대표적인 식품으로는 등푸른 생선과 녹차, 마늘, 비타민 E 등을 들 수 있다. 한편 1982년 존 베인John Vane 박사는 하루에 유아용 아스피린이나 일반 아스피린을 1알씩 복용하면 심장 발작으로 인한 사망률을 4분의 1이나 줄일 수 있다는 연구 결과를 발표했다. 노벨상까지 수상한 이 이론은 당시 세계적인 관심을 불러일으켰다. 그러나 항우울제와 같이 복용하면 심각한 부작용을 초래할 수도 있으니 유의해야 한다. 이 밖에 적절한 운동도 고혈압을 비롯한 심장 질환 가능성을 크게 감소시킨다.

새로 열린 중년의 심장은 연약한 연둣빛 새내기이다. 그 심장이 멈추게 방치하지 말고 배터리를 충전하자. 다른 사람에게 도움을 청하고 그 도움을 기꺼이 받아들이는 법을 배우자. 그리고 자신을 병들게 하는 적개심을 해결하자. 마음을 여는 용기만 있다면 이제까지의 삶보다 훨씬 충만하고 즐거운 삶을 살아갈 수 있다. 자신을 겹겹이 무장하느라고 에너지를 낭비하지 말고 마음의 빗장을 풀자. 열린 마음의 에너지는 중년의 삶을 열정으로 차고 넘치게 만들 것이다. 중년은 내면을 몸으로 표현해내는 '영혼의 체화(radical embodiment)'를 달성하는 시기이다. 그동안 우리의 영혼은 몸과 분리되어 많은 고통을 받아왔다. 내면에 들어 있는 온전한 영혼을 몸으로 표출하지 못하고 숨 막히는 육체 안에 가둬 놓았다. 이제 심장 차크라가 열리는 숭고한 기쁨을 누릴 축복의 시간이 되었다.

중년이 되면 우리 몸과 뇌는 삶의 균형을 촉구한다.
지나치게 이성적인 사람에게는
자유롭고 융통성 있게 변하도록,
충동적이고 감정적인 사람에게는 좀더
조직적인 자기 훈련을 하도록 목소리를 높인다.

평온의 바다, 2002

자궁의 메시지

2년 전 일이다. 일 년에 한 번씩 받는 자궁암 정기 검진을 위해 산부인과 병원에 갔다. 간 김에 자궁 초음파 검사와 유방 X선 검사(매머그램)도 함께 받았다. 그런데 뜻밖에도 자궁에 근종(물혹)이 4개나 생겼다는 게 아닌가. 아니 내 몸 안에도? 다른 사람에게선 많이 들어본 얘기지만 나와는 상관없는 일 아니었나? 순간 믿어지지 않았고 왠지 잘못된 진단처럼 억울했다. 다행히 혹은 크지 않아 별도의 치료나 수술이 필요한 정도는 아니라고 했다. 돌아오는 차 안에서 가만히 배를 만져보았다. 이 안에 골프공만한 덩어리가 4개나 들어 있단 말이지! 몸 안에서 혹이 자라고 있었는데도 난 까맣게 모르고 있었던 것이다.

자궁의 이상은 폐경기 여성들이 겪는 가장 보편적인 증상이다. 우리나라 30, 40대 여성의 20~30퍼센트가 한 개 이상의 자궁근종을 가지고 있다고 한다. 아직 의학적으로 확실한 원인은 밝혀지지 않았지만, 아무리 호르몬이나 식생활에 문제가 있다고 해도 그렇게 많은 여성들이 근종을 가지고 있는 원인은 무엇일까?

자궁은 여성에게만 부여된 축복이자 '에너지 샘'이다. 동양 의학에서 가장 중요한 에너지 중심으로 꼽는 단전에 위치한 자궁은 소우주인 인간을 탄생시키는 위대한 힘을 가지고 있다. 오직 여성에게만 존재하는 이 주먹만한 크기의 생명 주머니는 여성의 삶을 좌우하는 근원이기도 하다. 그러나 여성의 창조적 에너지가 억제되거나 인간관계가 막다른 지경에 이르렀을 때 이 '생명의 샘'은 고갈되기 시작한다. 밖으로 분출되지 못한 분노는 몸 안에서 부르짖는다. 자궁 내벽에 불끈 솟아올라 혹을 만들기도 하고 생리통으로 절규하기도 한다. 또 억제된 에너지는 자궁 이외에도 난소나 나팔관, 대장, 허리, 방광이나 고관절 등 다른 골반 기관에 문제를 일으킨다.

더욱 놀라운 사실은 질병의 형태는 각자 자신의 내면에 가장 잘 다가갈 수 있는 방법을 택한다는 것이다. 그야말로 불가사의한 인체의 신비다. 내 경우에는 자궁근종이라는 형태로 나타났지만 우울증이나 편두통, 월경 전 증후군, 과다 출혈, 혹은 암과 같은 치명적인 질병 등 여러 형태로 관심을 촉구한다. 해결되지 않은 감정은 질병이라는 형태를 빌려 그 사람의 가장 취약한 부분에 자신의 존재를 나타낸다. 그리고 질병의 심각한 정도는 억제된 감정의 정도와 비례한다.

실제 인체를 해부해서 전시한 〈인체의 신비〉 전에서 근종의 공격을 당한 자궁을 볼 기회가 있었다. 반으로 갈라진 자궁의 내부를 가득 채운, 불끈불끈 솟아난 종양을 본 순간 짜릿한 충격이 몰려왔다. 종양에서 이런 외침이 들려오는 것 같았다.

"저 좀 봐주세요. 저는 더 이상 안에서 견딜 수가 없었어요. 이렇게 솟아나지 않고는 숨이 막힐 것 같았어요. 제발 이젠 절 그만 괴롭히고 사랑해주세요. 저는 고통으로 몸부림칠수록 커진답니다."

그 모습을 본 순간 내 안에 솟아난 종양이 생각났다. 종양을 키운 것은 원망과 분노였다. 우리 몸에는 어려서부터 침범당한 감정의 상처가 나이테처럼 고스란히 남아 있다. 가임기에는 생식 호르몬의 영향으로 남을 돌보려고 하는 모성 본능 때문에 그 상처에 눈을 돌릴 겨를이 없다. 그러나 폐경기에 접어들면 내면의 소리를 가로막고 있던 호르몬의 베일이 걷히면서 몸이 부르짖는 소리를 듣게 된다.

의학적으로 볼 때 자궁근종은 굳이 치료할 필요가 없다. 대부분의 경우 폐경기가 지나면 저절로 줄어들거나 사라지기 때문이다. 자궁근종을 품고 산다고 건강에 해로울 것은 전혀 없다. 한 가지 해로운 점이 있다면, 자궁근종이 있으면 무언가 잘못될 것이라는 두려움이 종양 그 자체보다 건강에 더욱 나쁘게 작용하는 것이다.

자궁근종은 심한 통증이나 과다 출혈 같은 큰 문제를 일으키지 않는다면 수술할 필요가 없다. 그러나 만일 수술하기로 결정했다면 가능한 한 자궁이나 난소를 보존하면서 근종만 제거하는 것이 바람직하다. 종양이 커지기 전에 조처한다는 명분으로, 혹은 종양이 암으로 발전할지도 모른다는 두려움 때문에 자궁을 제거하는 것은 현명한 선택이 아니다. 자궁근종이 암으로 전환될 가능성은 1퍼센트도 되지 않는다.

골반 기관은 가능하면 손상하지 않고 간직할 만한 충분한 가치가 있는 여성의 에너지원이다. 요즘 주위에는 자궁을 제거한 여성들이 많다. 그러나 자궁을 제거한다고 혹이 생기게 하는 근본적인 문제가 해결되는 것은 아니다.

6·25 전쟁 때 남편을 잃고 유복자인 아들 하나만 바라보며 일생을 살아온 시어머니를 모시고 사는 고등학교 동창 친구가 있다. 홀시어머니에 외아들, 그것도 청상과부가 된 시어머니라면 대강 짐작이 갈 것이다. 부유한 집에서 곱게 자란 친구에게 시어머니는 너무나 강력한 상대였다. 아침이면 며느리 힘들다는 그럴듯한 구실을 내세우며 친구보다 먼저 일어나 아들의 밥상을 차려 놓는다. 저녁에도 아들이 행여 늦을 때면 끝까지 자지 않고 기다려 문을 열어주곤 한다. 아들의 빨래는 따로 골라내 세탁기에 돌리지 않고 손으로 빤다. 아들이 좋아하는 찬거리를 직접 사오는 건 물론이고, 모든 음식은 아들 입맛이

까다롭다는 평계를 대며 손수 요리한다.

갓 시집간 새댁이었을 때는 이런 시어머니의 배려(?)가 고마웠다. 그런데 세월이 흐르면서 친구는 점점 자신이 설 자리를 잃어갔다. 남편조차 결혼 후 철이 들었는지, 총각 때 너무 속을 썩였다는 죄책감에 사로잡혀 시어머니 말이라면 무조건 복종이었다. 친구는 점점 결혼 생활에 회의를 느끼기 시작했다. 고부간의 갈등뿐 아니라 사사건건 시어머니와 상의하고 시어머니만 챙기는 남편에게도 불만이 쌓여갔다.

친구의 이러한 욕구 불만은 비만을 초래했고 비만은 불임의 원인이 되었다. 아이를 낳지 못한 친구는 점점 시어머니 눈 밖에 나기 시작했다. 시어머니는 친구의 친정 엄마한테까지 전화를 걸어 남의 집 대를 끊을 셈이냐며 애를 못 낳으면 다른 여자를 구해 들여보내라고 어깃장을 놓기도 했다. 남편도 점점 귀가 시간이 늦어지며 밖으로 돌기 시작했다.

부당한 대우를 받으면서도 마음이 유순해서 큰 소리 한 번 제대로 내지 못했던 친구는 결국 자신의 감정을 자궁암이라는 방법으로 대신 풀어냈다. 다행히 암이 전이되지 않아 자궁을 제거하는 것으로 치료는 끝났지만 제거된 것은 자궁만이 아니었다. 친구는 마침내 결단을 내렸고 원룸을 얻어 별거를 시작했다. 별거한 지 벌써 2년이 넘었고 요즘에는 이혼에 대해서도 고려 중이다.

우리는 누구나 자신의 정체성을 침해당한 경험이 있다. 누군가가 우리의 생각이나 옷 입는 취향, 돈을 쓰거나 시간을 보내는 방법, 열정과 노력을 바치는 일 등을 통제하려고 든다. 어렸을 때는 자신의 영역을 분명히 할 능력이 없기 때문에 적절한 선택을 위해서는 부모의 도움이 필요하다. 그러나 나이가 들면서 자신의 선택과 부모의 요구 사이에 점점 거리감이 생긴다. 우리의 개체화 과정은 두세 살 때부터 시작된다. 아장아장 걷는 아이도 "싫어!"라고 분명히 의사를 표현하는 것을 흔히 볼 수 있다. 그러나 여성들의 자아 독립은 성인이 되어서도 불완전한 상태로 지속되다가 폐경기에 경종의 소리를 듣고서야 비로소 시작된다.

제2 에너지 센터인 골반 기관의 건강은 자신의 영역 한계를 분명히 하는 것만으로도 큰 힘을 얻는다. 그러나 그동안 자신의 영역을 침범당하는 데 익숙한 여성들은 이런 사실을 잘 인식하지 못하고 있다. 남편이 집안일에 지나치게 간섭하지는 않는가? 만일 아내가 직장 일에 사사건건 간섭을 한다면 남편들은 어떤 반응을 보일까? 자신의 주권은 스스로 찾는 것이다. 당장 작은 갈등을 피하려고 그냥 넘어간다면 도랑 피해 강물로 나가는 격이 될 것이다. 우선 자신의 삶을 되돌아보고 어떤 부분에서 영역 침해를 당하고 있는지 깨닫는 것부터 시작하자. 처음에는 먼 길 같지만 한 발씩 가다보면 언젠가는 목적지에 도달할 것이다.

골반 기관의 건강은 신체의 다른 부분과 마찬가지로 신진대사의 불균형으로 인해 많은 영향을 받는다. 자궁근종이나 과다 출혈, 생리통은 식이요법과 영양 보충을 통해 증상을 완화할 수 있다. 신선한 과일이나 야채, 특히 식물성 에스트로겐을 풍부하게 함유한 콩을 많이 섭취하자. 또 비타민 A, C, E 등과 같은 항산화제를 복용하고, 호르몬의 불균형을 초래하는 아라키돈산이 많이 함유된 유제품 섭취를 줄이자.

특히 자궁 질병에는 침과 한약이 매우 효과적이라는 사실이 임상 실험 결과 밝혀졌다. 직관 치료로 유명한 에드가 케이시Edgar Cayce가 즐겨 처방했던 피마자유 팩도 모든 골반 증상에 탁월한 효과가 있다. 시중에서 판매하는 피마자유로 일주일에 2~4회 배에 팩을 하는 것으로 누구나 손쉽게 할 수 있다.

우리 여성들은 어려서부터 골반 기관의 중요성을 배워야 한다. 그리고 자궁적출술은 난소와 함께 제거하든 아니든, 모든 방법이 실패했을 경우 택하는 최후의 수단이어야 한다. 최근 들어 남성의 생식기에 대해서는 이런 인식이 자리를 잡아가고 있다. 고환을 제거하는 고환적출술은 전립선암의 가장 효과적인 치료법이지만 다른 방법이 없는 불가피한 경우에만 행해지고 있다. 음경에 암이 생겼기 때문에 음경을 제거했다는 소리를 들어본 적이 있는가. 자궁과 난소는 오랫동안 그릇된 인식의 희생물이 되어왔다. 여성들 자신도 자궁을 제거하는 것을 대수롭지 않게 여긴다. 한 찻집에서 옆 테이블에 앉았던 중년 여성들의 대화 내용을 들은 적이 있다. 자궁에

근종이 몇 개 생겼다고 수술 날짜를 잡았다는 내용이었다. "내 나이도 이제 오십이야. 자궁에 무슨 문제가 생길지 알 수 없잖니? 아예 들어내는 것이 속 편해!"

그러나 자궁이나 경부, 난소는 서로 협력해서 일생 동안 우리 몸에 호르몬을 공급하는 중요한 기관들이다. 이 기관들은 모두 같은 혈관을 통해 혈액을 공급받는다. 자궁이 제거되면 난소가 남아 있더라도 그 기능에 상당히 지장을 받는다. 자궁적출술을 받은 여성의 50퍼센트가 난소 기능을 일찍 상실하여 조기에 폐경이 시작된다. 따라서 심장 질환이나 골다공증에 걸릴 확률이 높아진다. 여성의 난소는 남성의 고환에 해당된다. 난소를 제거하는 것은 여성을 거세하는 것과 같다.

난소와 자궁이 건재한 상태에서 자연스럽게 찾아오는 폐경기는 대부분 5~10년에 걸쳐 이루어지는 정상적인 생리 과정이다. 그러나 자궁이나 난소를 제거할 경우 갑자기 시작된 폐경기가 호르몬 체계에 급격한 혼란을 초래해서 각종 폐경기 증상을 악화시킨다.

자궁적출술이 꼭 필요한 경우는 암에 걸렸을 때다. 나머지 양성 질환은 수술을 하지 않고도 얼마든지 치료할 수 있다. 우리는 자궁에 대해 지나치게 민감하게 반응하는 경향이 있다. 한 친구는 엄마와 언니가 모두 자궁암 때문에 자궁적출술을 받았다는 이유만으로 자신도 언제가 자궁적출술을 받을 것이라고 생각하고 있었다. 친구의 이런 믿음은 자궁에 지나치게 신경을 곤두세우게 했고, 결국 수술을 받아야 할 상황으로 몰고 갔다. 우리의 몸은 우리가 믿는 대로 변한다는 사실을 기억하자.

자궁은 가능하면 보존해야 할 기관이지만 이미 자궁적출술을 받았다면 그 당시에는 최선의 선택이었다고 생각하자. 난소와 자궁은 매우 중요한 기관이다. 그러나 더욱 중요한 것은 자기 자신이다. 우리에게는 몸 주위를 감싸며 에너지를 공급해주는 전자기장이 있다. 우리 몸에 어떤 일이 일어나더라도 이 본질적인 에너지는 결코 손상되지 않는다. 그리고 치유 과정을 무사히 넘긴 당신은 그만큼 영혼이 성숙했을 것이다. 잃는 것이 있으면 얻는 것도 있다.

자궁근종은 제2 에너지 센터의 불균형을 알리는 경고의 벨이다. 만일 자궁근종을 발견했다면 자신의 삶을 되돌아보자. 기회가 허락된다면 내가 정말 하고 싶은 것은 무엇인가? 만일 6개월밖에 못 산다면 지금 당장 청산하고 싶은 인간관계는 무엇인가? 내가 가장 많은 시간과 관심을 기울이는 사람은 누구인가? 내 에너지를 낭비하게 만드는 사람은 누구인가? 모든 해답은 자신의 내면 깊은 곳에 들어 있다. 답을 얻기 위해서는 마음을 들여다보기만 하면 된다.

보살핌의 상징인 유방

윗옷 모두 벗기운 채
맨살로 차가운 기계를 끌어안는다
찌그러지는 유두 속으로
공포가 독한 에테르 냄새로 파고든다
패잔병처럼 두 팔 들고
맑은 달 속의 흑점을 찾아
유방암 사진을 찍는다
사춘기 때부터 레이스 헝겊 속에
꼭꼭 싸매 놓은 유방
누구에게나 있지만 항상

여자의 것만 문제가 되어

마치 수치스러운 과일이 달린 듯

깊이 숨겨왔던 유방

우리의 어머니가 이를 통해

지혜와 사랑을 입에 넣어주셨듯이

세상의 아이들을 키운 비옥한 대자연의 구릉

다행히 내게도 두 개나 있어 좋았지만

오랜 동안 진정 나의 소유가 아니었다

사랑하는 남자의 것이었고

또 아기의 것이었으니까

하지만 나 지금 윗옷 모두 벗기운 채

맨살로 차가운 기계를 안고 서서

이 유방이 나의 것임을 뼈저리게 느낀다

맑은 달 속의 흑점을 찾아

축 늘어진 슬픈 유방을 촬영하며

— 문정희, 〈유방〉

우리는 누구나 따뜻하고 푸근한 엄마 품에 안겨 젖을 만지작거리던 기억이 있다. 삶에 지쳐 힘들고 어려울 때 가장 먼저 생각나는 것도 따사로운 엄마의 품이다. 구수하면서도 향긋한 엄마 냄새는 우리에게 아련한 향수를 불러일으킨다. 엄마 품이 그렇게 따뜻할 수 있었던 것은 유방이 있기에 가능한 일이었다. 유방은 보살핌의 상징이다. 여성들은 아기를 낳으면 젖을 먹이면서 아기와 유대감을 키워간다. 아기들은 젖을 빨면서 유방의 보드라운 감촉으로 엄마를 기억한다. 엄마의 사랑은 유방을 통해 전달된다.

여성이 출산을 하면 프롤락틴이라는 뇌 호르몬의 영향을 받는다. 프롤락틴은 유방을 젖으로 가득 채우고 아기와의 감정적인 유대감을 높여준다. 이 호르몬의 효과로 젖을 먹이는 엄마는 아기에게 젖과 사랑을 동시에 베풀며, 그 대가로 젖이 빨리는 쾌감과 사랑하는 아기에게 무언가를 줄 수 있다는 충만한 기쁨을 얻는다. 보살핌을 베풀고 싶은 강한 충동을 느끼게 만드는 이 호르몬은 젖을 먹일 때만 분비되는 것이 아니다. 여성은 물론 남성에게도 서로 유익한 인간관계를 맺을 때나 기쁨을 느낄 때 생성되는 호르몬이다. 우리의 영혼을 살찌우는 사랑이나 동정심 같은 모성 본능도 모두 이 호르몬과 관련이 있다. 사랑은 우리 몸의 생리적 반응으로 나타난다. 대부분의 여성들이 가족을 돌보는 일을 통해 기쁨을 느끼거나 다른 사람에게 '엄마 노릇'을 하고 싶어 하는 것도 이런 즐거움 때문이다. 사랑이라는 감정이 마음껏 발산될 때, 우리 몸은 프롤락틴 호르몬으로 가득 차게 된다. 그와 함께 유방도 에너지가 충만해진다.

여성에게 유방은 신체의 한 부분 이상의 의미가 있다. 남성들이 여성을 볼 때 가장 먼저 얼굴을 보고 그 다음이 유방이라는 재미있는 조사 결과가 있다. 그만큼 여성의 유방은 남성에게도 큰 비중을 차지한다.

얼마 전 친구의 부탁으로 유방 이식 수술을 한 친구 어머니를 하루 동안 간병한 적이 있다. 유방암에 걸려 한쪽 유방을 제거한 채로 여러 해를 지내다가 68세의 나이임에도 수술을 감행한 것이다. 그 나이에 무슨 유방 이식 수술이냐고 생각할지 모르지만 친구 말에 따르면 엄마의 평생소원이었다고 한다. 유방이 여성들에게 얼마나 큰 의미를 주는가를 보여주는 일화이다. 유방암은 다른 암에 비해 생명에 지장을 줄 만큼 심각한 증상은 아니지만 여성에게 유방을 제거한다는 것은 여자로서의 가치를 잃는 치명적인 사건이다.

유방암을 일으키는 요인 중 간과할 수 없는 것이 감정을 대하는 스타일이다. 삶의 충격적인 사건이 유방의 혹을 악성으로 몰고 간다는 것을 입증한 한 연구를 예로 들어보자. 유방에 혹이 생긴지 5년 이내에 이혼이나 사랑하는 사람의 죽음, 실직 같은 심각한 위기를 경험한 사람은 단순한 혹이 악성 종양으로 발전할 가능성이 커진다는 사실이 밝혀졌다. 더욱 흥미로운 사실은 충격적인 사건을 대하는 당사자의 마음가짐 또한 중요한 변수로 작용한다는 것이다. 통렬한 상실감을 느낄 때 그 슬픔을 충분히 표현하는 여성들은, 대범한 척 감정을 숨기거나 슬픔을 억제하는 여성들보다 암으로 발전할 가능성이 3배가 낮은 것으로 나타났다.

슬픔을 억누르는 것은 에너지를 고갈시키며 치유의 기회를 박탈

하는 행위다. 우리는 상실감이 몰려오는 고통스럽고 어려운 과정을 인정하고 견뎌내야만 한다. 우리 자신보다 더 큰 힘에 대항한다고 이길 수 있겠는가. 상대가 안 되는 싸움에 에너지를 낭비하지 말고 화끈하게 복종하자. 신일 수도 우주일 수도 있는 힘이 부여한 삶을 치유할 기회를 잘 활용하자. 자신이 당한 슬픔을 충분히 받아들일 때에만 치유의 기회가 찾아온다.

눈을 감고 가슴에 가만히 손을 대보자. 따뜻하고 부드러운 유방이 느껴질 것이다. 그 안에 들어 있는 우리 마음도 느껴보자. 혹시 고통 받고 있지는 않은가? 그동안 너무 소홀하지는 않았는가? 우리에게 어떤 얘기를 들려주고 싶어 하는가? 우리에게 마음을 감싸주는 유방이 있다는 게 얼마나 감사한 일인가. 이 연약한 유방을 병들게 하지 말자. 유방은 작은 감정에도 예민하게 반응한다. 감정의 작은 응어리들이 모여 유방에 종양을 만드는 것이다.

자신의 감정에 솔직해지자. 고통스러운 감정을 덮고 있는 '난 괜찮아.'라는 생각을 몰아내자. 유방의 건강을 위해서 가능한 한 자신의 욕구를 만족시켜주자. 마음을 들여다보고 어떤 일을 하고 싶으며, 누구와 함께 지내고 싶고, 어디에 가고 싶은지, 또 시간을 어떻게 보내고 싶은지를 생각해보자. 이렇게 조금씩 자신의 욕구에 관심을 기울이다 보면 몸 안에 점점 에너지가 축적되는 것을 느낄 수 있다. 최소한 일주일에 한 가지만이라도 자신이 행복해질 수 있는 일을 해보자. 나는 오래 전부터 하고 싶었던 글 쓰는 일을 시작하는 데 10년이란 세월이 걸렸다. 이런저런 이유로 내면의 욕구를 외면하고 피해갔던 것이다. 좋아하는 일을 10년 일찍 시작했더라면 지금쯤 내 에너지는 한결 충만해져 있을 것이다.

자신을 시들게 만드는 일은 무엇인가? 또 활기를 주는 일은 무엇인가? 조금만 관심을 가지면 금방 알 수 있는 것들이다. 진정한 자신의 모습이 일상적인 삶에 묻혀 빛을 잃게 하지 말자. 직업을 가질 형편이 못 되면 잠시 시간을 내서 관심 있는 분야의 강의를 듣거나 평소 하고 싶었던 일을 실행에 옮기는 방법도 있다. 길건 짧건 정기적인 스케줄을 가진다는 것은 에너지를 고취하는 일이다. 규칙적인 생활만큼 효과적인 에너지 부양책은 없다. 마음에 들지 않거나 에너지를 고갈시키는 일은 과감히 정리하자. 자신이 건강하고 행복해야 옆 사람도 행복할 수 있다. 자신의 내면을 재정비하는 날을 정기적으로 정하는 것도 좋다. 생일이나 연말연시, 지구의 창조적 에너지가 가장 충만한 4절기(춘분, 추분, 하지, 동지)를 이용할 수도 있다. 자기 자신에게 그리고 주위 사람에게 솔직해질 때 우리의 영적 에너지는 고취된다.

유방은 자기만족과 밀접한 관계가 있는 부위이다. 여기에는 음식물도 예외일 수 없다. 좋아하는 음식이나 영양이 풍부한 음식물을 멀리하고 다이어트를 하는 것은 별 도움이 안 된다. "그래, 참는 거야. 건강을 위해서는 먹고 싶은 걸 참아야 해!"라고 이를 악무는 게 얼마나 효과가 있겠는가. 완벽한 식생활을 실천하는 여성이 유방암에 걸리는 이유는 무엇이겠는가. 지나치게 음식물에 얽매이지 말고 자신이 좋아하는 식단을 짜서 조금씩 자주 먹는 것이 건강을 지키는 길이다.

특히 유방 건강은 에스트로겐 호르몬과 밀접한 관계가 있다. 콩이나 당귀, 체이스트베리 등에 들어 있는 피토(식물성) 에스트로겐은 유방암을 예방하는 효과가 있다. 섬유질이 많은 식품이나 아마인 가루 등도 유방 건강에 도움이 된다. 몸에 좋은 음식을 챙겨 먹을 경우, 식품 자체의 영양은 물론 그만큼 관심을 기울인다는 사실이 우리 몸에 큰 효과를 발휘한다.

유방암에 걸리기 쉬운 여성은 나이가 50세를 넘었거나, 초경을 일찍 시작했거나, 폐경이 늦거나, 30세 이후에 첫아이를 낳았거나, 가족 중 유방암에 걸린 사람이 있는 경우이다. 유방 X선 검사(매머그램)는 40대에는 2년에 한 번, 50대가 되면 1년에 한 번씩 받는 것이 좋다. 유방을 부드럽게 마사지하면서 자가 검진을 하는 방법도 있다. 다음에 소개하는 유방 마사지법은 우리의 사랑과 관심을 유방에 전달하는 방법인 동시에, 가슴이 처지는 것을 예방하고 유방 건강을 유지하는 방법이다. 간단한 방법이지만 유방 주위의 림프절을 자극하는 이 마사지법은 유방 건강에 매우 효과적이다.

1. 오른손 엄지와 검지, 중지를 왼쪽 쇄골 밑의 움푹 들어간 곳에 대고 어깨에서 목 쪽으로 피부를 잡아 늘이듯이 마사

지한다. 이 동작을 5~10번 되풀이한다.

2. 손을 펴서 왼쪽 겨드랑이 털이 난 부분에 대고 피부를 위쪽으로 잡아당기듯이 마사지한다. 이 동작도 5~10번 반복한다.

3. 다시 손을 펴서 흉골에서 겨드랑이 쪽으로 부드럽게 마사지한다. 이 동작을 유방 위쪽으로, 유방 위로, 유방 아래로 5~10번씩 되풀이한다.

4. 마지막으로 손바닥으로 허리에서 겨드랑이까지 왼쪽 옆구리를 가볍게 5~10번 마사지한다.

5. 손을 바꾸어 반대쪽도 같은 방법으로 한다.

한 가지 명심할 점은 유방암은 신체적인 치료만으로는 완치될 수 없다는 것이다. 몸의 건강을 지키기 위해 적당한 약만 복용하면 된다는 생각은 어리석다. 건강한 유방을 가지려면 신체의 건강만큼이나 마음과 영혼의 건강도 중요하다. '중년에는 뇌가 새롭게 변한다(67쪽)'에서 사례로 든 선배(남편의 바람 때문에 당뇨병이 악화되었던)의 경우에도 유방암으로 결국 유방 한 쪽을 떼어내는 수술을 받았지만, 계속되는 감정적 스트레스로 인해 다시 재발하는 불운을 겪어야했다. 때에 따라서는 약이나 수술도 필요하다. 그러나 유방의 건강을 유지하려면 사랑이 충만한 관계를, 원하는 삶을 선택하는 삶의 자세가 필요하다. 이런 선택을 이기적이라고 생각하지 말자.

유방은 기쁨과 사랑, 슬픔, 용서를 비롯해 분노와 적대감을 관장하는 제4 에너지 센터의 영역에 속해 있기 때문에 인간관계의 영향을 가장 많이 받는 곳이다. 이런 감정들이 억제되면 폐와 심장, 유방의 건강이 악화된다. 다른 사람을 위해 많은 것을 베풀려면 우선 자신의 삶이 충만해야 한다. 엄마의 영양 상태가 좋고 행복할 때 젖의 양이나 질이 향상된다. 이 교훈은 중년에도 적용된다. 단지 다른 것이 있다면 이제까지는 다른 사람에게 젖을 먹였지만 이제부터는 우리 자신에게 젖을 먹인다는 것이다.

왜 옛일이 자꾸 생각날까

나이를 먹으면서 며칠 전의 일은 기억이 희미해지는 것에 반해 과거의 불쾌했던 기억이나 감정은 갈수록 생생하게 되살아난다. 잊혀진 줄 알았던 상처가 어느 구석엔가 숨어 있다가 불쑥 모습을 드러낸다. 이런 피하고 싶은 감정을 방어하는 가장 손쉬운 방법이 회피다. 임시방편으로 폐경기의 변화를 경험하기 전까지는 그런대로 통할 수 있다. 그러나 폐경기의 호르몬 변화와 달라진 뇌는 깊이 숨겨둔 마음의 상처와 해결되지 않은 감정을 밝은 곳으로 이끌어 낸다. 결코 무시할 수 없는 신체적 증상을 이용해 우리의 관심을 촉구한다. 우리 안에 깊이 숨어 있는 해묵은 상처에 조명을 비추기 시작한다. 폐경기는 상처를 치유할 수 있는 지원 체제를 구축하는 시기라고 할 수 있다.

최근 들어 중년의 이혼이 크게 늘고 있다. 그 많은 이혼 부부들이 중년이 되어 갑자기 새로운 문제에 직면했을 리는 없다. 이제까지 참고 살았던 문제들이 겉으로 드러나고 크게 부각되기 때문일 것이다. 나 역시도 남편과 심각한 위기를 경험했다.

잉꼬부부라고 할 수는 없지만 그런 대로 아옹다옹 살아오던 우리 관계가 심각해진 것은 결혼 15주년이 되던 해였다. 자상한 반면 시시콜콜 따지고 들며 화를 잘 내는 남편과 살아오면서 내 가슴속에는 불만의 멍울이 조금씩 자라나고 있었다. 사소한 갈등으로 마음이 불편해지는 걸 견디지 못하는 나는 평화를 유지한다는 명목 아래 웬만한 일은 내가 참고 넘기는 게 습관이 되어버렸다. 부부 싸움을 할 때도 서슬이 퍼렇게 덤비는 남편에게 눈물로 반항하는 게 고작이었다. 이런 내 불만은 아이들 키우랴, 집안 살림하랴 바쁜 일상에 묻혀 드러나지 않고 있었다.

그런데 언제부터인가 나는 더 이상 참기가 싫어졌다. 가정의 평화고 뭐고 필요 없었다. 아이들이 알까봐 쉬쉬하고 싶지도 않았다. 알 테면 알라고 하지! 자식이라면 엄마의 고충쯤은 알고 있어야 하지 않겠어? 왜 만날 나만 참아야 해? 그만큼 참고 견뎠으면 충분해. 난 뭐 감정도 없는 줄 알아? 한번 시작된 불만은 봇물 터지듯 몰려왔다. 그동안 남편이 했던 부당한 말과 행동들이 낱낱이 생각났다. 건망증 대가인 내가 언제부터 이렇게 기억력이 좋아졌는지 모르겠다. 잊은 줄 알았던 상처와 아픔도 생생하게 되살아났다. 어디에 처박혀 있는지도 몰랐던 기억들이 하나씩 튀어나왔다. 재고 정리 대청소가 시작된 것이다.

40년 이상을 살아온 중년 여성들의 가슴속에는 크고 작은 많은 상처들이 구석구석 남아 있다. 그 상처들은 우리를 성숙하게 만들고 영혼을 성장시키기도 했지만 어두운 그늘을 만들기도 했다. 그 그늘에 이제 서서히 빛이 비치기 시작하는 것이다. 그동안 어둠 속에 묻혀 있던 문제들을 밖으로 끄집어낼 용기가 없었던 여성들에게 비로소 기회가 주어진 것이다. 그 힘을 실어주는 것이 바로 폐경기다. 지나간 세월이 잊혀지지 않고 생생하게 저장되어 있다가 적절한 시기에 되살아난다는 것은 얼마나 다행스러운 일인가. 잃어버린 백제의 역사를 되찾는 것처럼 잃어버린 자신의 역사를 되찾을 수 있게 된 것이다. 고통과 슬픔의 역사도 소중한 내 일부분이다. 그것들은 우리에게 잊지 말라고 끊임없이 신호를 보내고 있다.

늘 소화 불량과 편두통을 달고 살던 친구가 있었다. 한번 편두통이 시작되면 진통제를 먹어도 쉽게 가라앉지 않을 정도로 심했다. 그녀의 남편은 소위 성공한 사업가였다. 대부분의 성공한 남자들이 그렇듯이 그 친구의 남편은 여성 편력이 심했고 도박에도 손을 대고 있었다. 수없이 바뀌는 남편의 여자를 감당해내느라고 그녀의 몸은 서서히 병들어가고 있었다. 위안을 얻는 것이라곤 돈을 물 쓰듯 낭비하는 일이었다. 그녀의 삶은 시간이 흐를수록 점점 나락으로 떨어지고 있었다. 그녀는 자신을 불행하게 만든 남편을 원망하는 일에 매달려 스스로를 괴롭히고 있었다. 나는 만날 때마다 10년을 한결같이 남편에 대해 똑같은 푸념만 늘어놓는 그 친구가 안쓰러우면서도 서서히 지겨워지고 있었다.

그런데 얼마 전 한동안 소식이 없던 그녀가 밝은 목소리로 전화를 했다. 한번 만나자는 것이었다. 반가운 마음으로 약속 장소에 나갔던 나는 먼저 와 있는 그 친구를 발견하고 멈칫했다. 늘 그늘지고 어두운 표정이던 그녀가 밝고 화사한 빛을 발하고 있었다. 애인이 생겼나? 순간 내 머리를 스친 생각이었다. 나중에 알고 보니 그녀의 밝은 빛은 마음속에 있던 어둠을 몰아낸 결과였다.

얼마 전에 나는 국립서울과학관에서 열린 〈인체의 신비〉 전시를 보고 깊은 감명을 받았고 그 친구에게 가보라고 권했다. 그녀는 거기에 전시된 3개월부터 7개월까지의 태아들을 보고 큰 충격을 받았던 것 같다. 대학 시절 한 남자 친구를 4년 동안 사귀면서 그녀는 5번이나 낙태를 한 경험이 있었다. 자신은 그 일에 대해 애써 잊고 살아왔는데 전시회에서 태어나지 못하고 죽은 태아를 보는 순간 온몸이 떨리며 울음이 북받쳤다는 것이다.

그녀는 집에 돌아와 몇 시간을 엉엉 울었다고 했다. 그동안 억눌러왔던 낙태에 대한 죄책감을 처음으로 인정하고 받아들이자 가슴 깊숙한 곳으로부터 온갖 슬픔과 설움이 함께 터져 나온 것이다.

문제는 자신 안에 들어 있었다. 남편의 문란한 생활도 불행의 요소였지만 자신을 사랑하지 않았던 것이 더 큰 문제였다. 불우한 환경에서 자랐던 친구는 부모와 사회에 대한 반항심으로 성실하지 못한 삶을 살았었다. 그때 쌓아둔 죄책감이 늘 마음에 어두운 그늘을 드리우고 있어 매사를 부정적으로 받아들였다. 늘 누군가를 원망해야 직성이 풀렸다.

그러나 자신의 어두웠던 과거를 인정하고 그 상처에 관심을 갖기 시작하자 그녀의 삶은 조금씩 달라졌다. 편두통이 한결 완화되었고, 흠이 많은 자신의 모습을 돌아보며 남편에게도 관대해졌다. 부인의 달라진 모습은 남편을 조금씩 변화시켰다. 깊이 감춰두었던 마음의 상처를 사랑과 연민으로 어루만지기 시작하자 삶의 다른 부분에도 도미노 현상처럼 효과가 전이된 것이다. 오랜 세월 쌓인 감정이 하루아침에 달라질 수는 없지만 요즘 그들 부부는 서로 노력하는 모습을 보여주고 있다.

폐경기는 과거의 부당한 대우나 상처에 직면할 용기와 판단력을 준다. 또 과거를 돌아보며 변화의 필요성을 인식하게 해주고, 그동안 지속되어온 파괴적인 삶에서 빠져나오는 데 필요한 행동을 실천할 용기를 준다. 자기 자신이나 과거에 상처를 준 상대방을 용서하는 것은 곧 자기 자신을 위한 일이다. 용서란 자신에게 일어난 일을 무조건 받아들이는 것이 아니다. 과거의 상처가 더 이상 현재의 행복하고 건강한 삶에 영향을 미치지 않도록 하는 것이 바로 용서다. 아무리 뿌리 깊은 상처라도 뇌와 에너지의 변화를 가져다주는 폐경기의 후원을 받는다면 치유가 가능하다.

얼마 전부터 나는 첫사랑 남자를 한번 만나보고 싶어졌다. 이제까지 20여 년을 정말 까맣게 잊고 살았던 그 사람이 왜 갑자기 생각나는지 모르겠다. 굳이 이유를 들자면 어느 날 라디오에서 그 사람이 잘 부르던 노래를 듣고 나서부터였다. 그런데 그날만 그 노래를 들었던 게 아니다. 가끔씩 흘러나오는 노래였지만 한 번도 그런 감정을 느낀 적이 없었다. 그렇다고 지금 내 삶이 불행한 것도 아니다. 그냥 과거 내 삶의 한 조각을 되돌아보고 싶은 것이다. 앞만 보고 나아가는 시간이 끝나고 뒤를 돌아보는 여유를 갖게 된 것 때문인가 보다.

우리 마음에는 그동안 마구 쑤셔 넣기만 하고 정리하지 않은 기억들이 실타래처럼 얽혀 있다. 행복하고 아름다운 추억도 있고 두 번 다시 생각하고 싶지 않은 고통스러운 기억도 있다. 이 모든 기억들이 한데 뭉뚱그려져 뒤엉켜 있다. 생식 호르몬의 영향권에서 빠져나온 중년 여성들은 그 실타래를 풀어나갈 충분한 지원 체제를 갖추고 있다. 한 올씩 빼내 끊어버릴 건 버리고, 잘 다듬어 이을 건 잇는 작업을 거뜬히 해낼 능력이 있다. 헝클어진 기억들을 차근차근 정리해간다면 마음속에 많은 여유 공간이 생길 것이다. 그곳을 이제부터 자신만의 것으로 채우며 알차게 여물어가자. 나중에 많은 사람들에게 그 열매를 나누어줄 수 있을 것이다.

뼈가 튼튼해야 용기도 생긴다

뼈가 살아 숨쉰다는 생각을 해본 적이 있는가? 뼈도 살아 있는 생물체다. 우리가 소홀하면 나빠지고 관심을 갖고 보살피면 좋아지는 대상이다.

인간은 지구상에 태어나서 죽을 때까지 단단하고 강인한 뼈를 유지하도록 창조되었다. 최고의 골밀도를 유지하는 나이는 20대지만 나이를 먹는다고 골절이 일어날 만큼 뼈가 약해지지는 않는다. 그러나 현대 여성들은 최고의 뼈 상태를 유지해야 할 30대에 양적으로나 질적으로 부실해지고 있다. 지속적인 다이어트, 운동 부족, 영양 결핍 등으로 인해 10대, 20대, 30대에 정상에 도달했어야 할 골밀도 수치가 크게 떨어지기 때문이다. 따라서 호르몬 변화가 시작되는

40대 이전에 이미 골밀도 잔고가 바닥이 나고, 폐경기가 되면 뼈의 주성분인 콜라겐 기질이 급격히 약해진다.

뼈의 손상은 아무런 자각 증상 없이 조용히 진행된다. 골다공증은 폐경기 이전부터 시작되지만 그 영향은 손을 쓸 수 없는 20년 후에나 나타난다. 지금은 건강한 폐경기 여성도 20년 후에는 골다공증으로 인한 관절염, 척추 골절, 고관절 골절 등으로 고생할지 모른다. 뼈의 건강은 예방이 가장 중요하다. 그리고 그 예방은 일찍 시작할수록 좋다.

현대 서구 사회에서 퇴행성 질환으로 알려진 심장 질환, 고혈압, 비만, 골다공증은 땅의 지혜와 더불어 살아가는 전통적인 생활 방식의 원주민들에게는 발견되지 않는 증상이다. 그들은 제1 에너지 센터-소속감과 정서적 안정감-의 건강을 유지해주는 흙과 깊은 교감을 나누며 살기 때문이다. 깊은 정서적 안정감은 우리의 뼈를 비롯해 피와 면역계에 커다란 영향을 미친다. 자연과 더불어 사는 시골 사람보다 도시인에게 이런 증상이 더 많은 것도 그 사실을 입증해준다. 특히 여성의 몸을 신뢰하거나 통제할 수 없는 존재로 인식해온 사회적 유산으로 인해 여성들은 자신의 몸에 대해 유대감이나 안정감을 느끼지 못한다. 골다공증 같은 증상이 여성들에게 성행하게 된 이유도 이와 관계가 있을 것이다. 그 밖에 지나치게 날씬한 외모를 선호하는 문화적 성향도 일찌감치 뼈의 손실이 시작되도록 만드는 중요한 요인이다.

112

우리 딸은 올해 대학에 입학했다. 보기 좋을 정도로 통통한 몸매인 딸은 바쁜 학교생활 중에도 열심히 헬스클럽에 다니며 다이어트에 열중하고 있다. 가냘픈 몸매를 만들어 55사이즈 옷을 입는 게 목표다. 옷을 사러 가면 맞는 옷이 거의 없다고 불평을 늘어놓는다. 요즘 아이들은 바람이 불면 날아갈 정도로 뼈가 앙상하고 가냘픈 걸 아름답게 여긴다. 내가 아무리 볼륨 있는 몸매의 아름다움을 강조해도 막무가내다. 엄마의 안목이 자기들 사회와 무슨 관계가 있느냐는 주장이다. 하루에 한 끼도 제대로 먹지 않는 딸애의 건강이 무사할 리가 없다. 엄마로서 안타까울 따름이다.

우리 몸은 206개의 뼈로 구성되어 있다. 한창 성장하는 어린 시절에는 뼈를 만드는 세포(조골세포)가 파괴하는 세포(파골세포)보다 우세하지만 나이를 먹으면서 이 균형은 점차 바뀌어 뼈가 약해지기 시작한다. 여성들은 나이를 먹으면서 38퍼센트의 뼈가 손실되는 반면 남성들은 23퍼센트의 뼈만 손실된다. 더구나 여성들은 30대 후반부터 뼈가 약해지기 시작하기 때문에 폐경기가 가까워지면 더욱 심각해진다. 중년의 남성에 비해 여성이 골다공증으로 고생하는 것도 이 때문이다.

뼈세포의 놀라운 기능 중 하나는 뼈에 가해지는 스트레스의 양을 뼈 세포가 측정한다는 것이다. 즉 어느 뼈에 보강이 필요하고 어느 뼈에 축소가 필요한지 정확하게 파악하는 것이다. 모든 세포와 마찬가지로 뼈도 기능적으로 서로 연결되어 있다. 예를 들어 다리뼈에 어떤 긴장이 가해지면 단지 다리뼈만 보강되는 것이 아니라 척추와 어깨뼈의 골밀도까지 변화한다.

따라서 뼈를 강하게 만들기 위해서는 규칙적인 긴장과 스트레스가 절대적으로 필요하다. 운동이 뼈의 건강에 결정적인 역할을 하는 것도 이 때문이다. 운동 부족은 골밀도를 현저하게 떨어뜨린다. 건강한 뼈를 갖고 싶다면 지구의 중력을 이용하는 운동(웨이트 트레이닝)을 하고 햇볕을 많이 쬐어야 한다. 뼈를 건강하게 만드는 방법은 여러 가지가 있지만 그중에서도 특히 중요한 건 운동과 햇볕이다. 운동의 중요성에 관해서는 다음에 따로 다루게 될 것이다.

햇볕을 적당히 쬐면 자외선이 비타민 D의 생성을 돕기 때문에 뼈 건강에 큰 도움이 된다. 우리 몸은 햇볕을 통해 비타민 D를 얻도록 프로그램화되어 있다. 우리 조상들은 피부를 거의 햇볕에 드러낸 채 수천 년 동안 들판을 누볐다. 태양 광선에 피부를 노출하는 것이 음식을 통해 섭취하는 것보다 비타민 D를 훨씬 효과적으로 얻을 수 있다. 약으로 된 보충제는 과용으로 인한 부작용이 우려되지만 자외선은 그러한 과잉 생성 부작용이 없다. 우리 몸은 필요한 만큼만 태양 광선으로부터 얻는 지혜를 갖추고 있기 때문이다.

일주일에 3~5일, 하루에 20분씩 얼굴과 손에 선크림을 바르지 말고 햇볕에 나가자. 이 정도면 골밀도를 유지할 만한 충분한 자외선을 흡수할 수 있다. 우리 몸은 비타민 D를 저장하는 능력이 있으므로 햇볕을 쬐지 않는 시간에 꺼내 쓸 수 있다. 이것은 지역마다 일

조량과 시간이 다른 것을 감안한 자연의 지혜다. 지나친 자외선은 피부에 해로우므로 이른 아침이나 늦은 오후에 햇볕을 쐬는 것이 안전하다. 그 외의 시간에는 선크림을 바르는 것을 잊지 말자.

운전할 때 창문을 내리거나 집에 있을 때는 창문을 열어 놓는 것도 좋다. 도시에 사는 사람들에게 적절한 방법이다. 현재 뼈에 이상이 없더라도 건강한 노후를 위해 햇볕을 많이 쐬자.

이 밖에도 건강한 뼈를 위해서는 칼슘을 보충하고, 콩이나 약초, 녹차 등을 통해 피토에스트로겐을 섭취하는 것이 필요하다. 우리나라 골다공증 환자의 95퍼센트가 폐경으로 인한 여성 호르몬 감소 때문이라고 한다. 된장 같은 콩 식품으로 피토(식물성) 호르몬을 보충하는 일본 사람들은 서구인들에 비해 상대적으로 골다공증이나 관절염의 발병률이 낮다. 호르몬뿐 아니라 칼슘 보충제도 골밀도를 높이고 골절을 방지한다는 것이 과학적으로 입증되었다. 칼슘이 들어 있는 대표적인 식품은 요구르트다.

인간이 지구상에서 살아온 약 백만 년 동안 우리의 주식은 나무 열매나 씨앗, 제철 과일, 그리고 동물성 단백질이었다. 곡물과 유제품이 주식이 된 것은 농경 사회가 시작되면서부터니 불과 일만 년 전이다. 구석기 시대의 영양 상태를 조사한 연구에 따르면, 수렵·채취 사회의 인류에게 골다공증이란 증상은 존재하지도 않았으며, 농경 사회의 조상보다 여러 모로 건강했던 것으로 밝혀졌다. 우리가 어떤 음식을 먹느냐에 따라 뼈의 건강이 좌우될 수 있다.

약초 전문가들에 따르면 우리가 정기적으로 식물을 섭취하면 그 안에 들어 있는 비타민이나 무기질뿐만 아니라 그들의 에너지도 함께 섭취하게 된다고 한다. 자연을 통해 에너지를 고양할 수 있는 완벽한 방법이다. 예컨대 가을에 심어 다음해 봄에 수확하는 보리는 혹독한 추위를 견디며 자라는 식물이다. 이 강인한 식물에는 각종 영양소가 풍부하게 함유되어 있을 뿐 아니라 우리의 원기를 강화해주는 에너지까지 들어 있다. 어떤 식물이건 마음을 활짝 열고 식물에 들어 있는 흙과 자연의 지혜도 함께 섭취한다는 기분을 갖자. 차분한 마음으로 그 식물을 통해 우리의 뼈가 지구의 등줄기를 형성하는 산과 바위처럼 강인하고 단단해진다고 생각하자.

새는 자존심

매일 저녁마다 함께 운동을 하는 친구가 있다. 하루는 운동하
러 나가려는데 친구에게서 전화가 왔다. 오늘은 운동을 쉬고
차나 한잔 하자는 것이었다. 난 시어머니를 모시고 사는 친구
에게 또 속상한 일이 생겼나보다 하고 생각했다. 아지트인 찻
집으로 나가니 친구가 먼저 와 있었다. 표정이 굳어 있는 걸
보니 뭔가 심각한 일이 있는 게 분명했다. 우린 말없이 차를
시켜 마셨다. 10분쯤 그렇게 뜸을 들이던 친구가 마침내 말문
을 열었다.

"낮에 철렁 내려앉은 가슴이 아직도 두근거리는 거 같아.
글쎄, 있잖아……. 난 치매에 걸렸을 때만 일어나는 일인 줄

알았어. 아직도 믿어지지가 않아. 아까 오후에 이마트에서 장을 잔뜩 봐서 차로 옮기는데 갑자기 팬티가 축축해지는 게 아니겠니? 난 생리가 시작되는 줄 알고 얼른 화장실로 달려갔어. 근데 색깔이 다른 거야. 잘 살펴보니 세상에 오줌이지 뭐니! 축축한 팬티에서 찌릿한 오줌 냄새가 나는데 눈물이 핑 돌며 머리가 아찔해지더라. 이게 뭐지? 왜 내가 갑자기 오줌을 쌌지? 가만히 생각해보니 바로 요실금이라는 거였어. 기저귀를 차고 남은 인생을 살아야 한다고 생각하니 세상이 끝난 기분이더라."

그 후 친구는 며칠 동안 의기소침해 있었다.

요실금은 증상 자체가 심각하다기보다 정신적인 충격이 더 크다. 자신도 모르게 오줌이 새어나온다는 사실은 중년의 자존심에 치명적인 상처를 입힌다. 중년 여성들은 요실금을 가능하면 숨기고 싶어 한다. 심지어 남편이 아는 것조차 꺼린다. 성교 중에 요실금이 일어날까 걱정되어 성생활을 기피하는 여성들도 있다.

정확히 드러나지는 않지만 요실금으로 고통 받는 여성들은 생각보다 많다. 팬티를 적시는 월경혈이 젊음의 시작을 알린다면, 새는 오줌은 젊음이 끝났음을 알리는 신호일 수도 있다. 요실금을 경험한 여성들은 갑자기 팍 늙어 노인이 된 기분이 든다고 한다. 그 충격은 충분히 미루어 짐작할 수 있다.

폐경기는 여성들이 골반 기관의 이상을 많이 경험하는 시기이다. 제2 에너지 센터로 알려진 골반 기관의 문제는 자신의 정체성 확립이나 인간관계에서 갈등을 해소하고 싶은 욕구를 반영한 것이다. 이 부위의 건강은 우리가 창의적 추진력을 얼마나 발휘하느냐에 달려 있다. 또 많은 시간과 에너지를 쏟는 중요한 인간관계에서 얼마나 자신의 욕구가 반영되는가를 나타내는 지표이기도 하다.

중년의 골반 증상을 치료하는 방법은 많지만 그 증상 뒤에 숨어 있는 메시지를 이해하지 않는다면 완전한 치유는 불가능하다. 자궁근종에서도 봤듯이 중년에 골반 기관에 이상이 생기는 것은 감정적 원인이 큰 비중을 차지한다. 변화를 추구하는 쿤달리니Kundalini(척추 아랫부분에 자리 잡고 있는 깨달음으로 인도하는 생명의 힘. 고대 전통 치유법에서는 주로 뱀으로 묘사) 에너지는 골반 기관에 머물면서 돈이나 성생활, 주권 침해에 관한 문제점들을 깨닫도록 끊임없이 신호를 보낸다. 중년에 접어들면 여성들의 관심은 가정에서 벗어나 외부적인 성취로 바뀐다. 그러나 여성들의 이런 창의적 욕구는 사회적 인식에 부딪쳐 좌절되기가 쉽다. 생전 처음으로 자신이 원하던 일을 추구하는 과정에서 한계를 경험할 때, 그 좌절감은 주로 골반 기관의 질병으로 나타난다.

아직도 가부장적인 유교 의식이 남아 있는 우리 사회에서 여성들은 어려서부터 주권을 침해당하며 자랐다. 여자라서 안 되는 일이 너무 많고, 여자이기 때문에 하기 싫어도 해야 되는 일도 많다. 지금 중년 여성은 '암탉이 울면 집안이 망한다'는 소리를 들으며 자란 세대다. 자신의 정체성 자체가 전혀 인정되지 않는 환경이었다. 우리는 어려서는 부모로부터, 성인이 되어서는 사회로부터, 결혼을 해서는 남편으로부터, 나이를 먹으면 자식으로부터 간섭을 받고 억제를 당하며 살아왔다. 이런 제2 에너지 센터의 침범은 어려서부터 우리의 골반 기관에 낱낱이 기록되어 있다가 관심을 기울일 여건이 조성된 중년에 목소리를 높이기 시작한다.

중년이 되어 질이나 요로에 공급되는 호르몬이 감소하면 골반 근육이 약화된다. 그 결과 많은 여성들이 요실금이나 재발성 요로감염증 같은 비뇨기 문제를 경험한다. 중년 여성들은 서로 이익이 되는 인간관계를 배워야 하는 것처럼 질 근육 운동이나 케켈 체조 등을 통해 골반 근육을 강화할 필요가 있다. 이런 운동은 골반을 튼튼하게 해줄 뿐 아니라 질이나 방광, 요도에 혈액을 증가시켜 조직을 좀더 탄력 있게 만들어 준다. 따라서 방광의 힘을 향상시키는 것은 물론 성생활에도 큰 도움이 된다.

케켈 체조는 1948년 케켈Kegel 박사가 출산을 앞둔 여성들에게 질수축 운동을 권장한 것에서 시작되었다. 그 후 효과가 입증되어 널리 보급된 이 체조는 제대로만 행한다면 간단하면서도 큰 효과가 있다. 케켈 체조를 지속적, 규칙적으로 실시할 경우 성욕을 높이는 효과까지 있는 것으로 밝혀졌다. 그러나 대부분의 여성들이 케켈 체조의 정확한 시행 방법을 잘 모르고 있다. 여기 그 방법을 제대로

소개한다.

질 근육(소변의 흐름을 막는 근육과 동일하다)을 수축시킨 다음 천천히 열까지 센다(10초). 그런 다음 근육을 이완한 상태에서 다섯을 센다. 이렇게 5번을 반복한다. 이 과정을 하루에 3차례 정도 실시하는 것이 좋다.

케겔 체조는 하복부나 허벅지, 엉덩이 근육을 동시에 수축시키면 오히려 복부 압력을 증가시켜 문제를 악화할 수 있다. 운동을 할 때 손가락을 질 속에 넣으면 쉽게 점검할 수 있다. 오직 질 근육만 수축해야 한다는 점을 명심해야 한다. 그러나 열까지 셀 필요도, 근육을 수축시키기 위해 집중할 필요도 없는 좀더 손쉬운 방법이 있다. 고대 중국의 비법으로 되도록 무거운 동전을 질 속에 삽입한 뒤 질 근육으로 조이는 것이다. 처음에는 하루에 5분 정도 지탱하고 갈수록 시간을 늘린다. 질 속에 있는 동전을 조이려면 우리가 단련하고자 하는 모든 근육이 동원된다. 스트레스성 요실금으로 고통 받던 여성의 75퍼센트가 케겔 체조만으로 이 증상에서 해방되었다는 논문이 발표된 적이 있다.

폐경기가 가까웠다는 증거인 요실금은 65세를 넘으면 15~35퍼센트로 확률이 증가한다. 요실금을 치료하려면 어떤 타입인지를 정확히 규명하는 것이 중요하다. 요실금 중에서 가장 많은 타입은 스트레스성 요실금이다. 이 증상은 웃거나, 갑자기 일어서거나, 운동을 할 때 소변이 새어나오는 것을 말한다. 그 원인은 골반저 근육의 약화, 에스트로겐 부족, 또는 과다한 복부 지방 등을 들 수 있다. 그러나 스트레스성 요실금의 주된 요인은 스트레스로 인해 방광이 빨리 차오르기 때문이다. 따라서 스트레스 요인을 찾아내 해결하는 것이 지름길이다.

어느 의학 잡지에서 읽었던 사례가 생각난다. 남편과 갈등이 심한 어떤 여성의 경우 남편이 돌아오는 자동차 소리를 들을 때마다 요실금을 한다는 것이다. 그럴 때 가슴이 두근거린다는 얘기는 들어봤어도 요실금을 한다는 말은 처음 듣는 얘기이다. 의료기 판매점을 경영하는 친구의 말에 따르면 지난 몇 년 동안 성인용 기저귀 판매량이 급격하게 증가했다고 한다. 현대인의 스트레스가 기저귀 판매량만큼 증가한 것이 아닐까 하는 생각이 든다.

카페인 음료도 요실금의 주범이다. 커피나 홍차 등 카페인 음료를 마셔 소변의 양이 늘 경우에만 요실금을 경험하는 여성들도 많다. 커피는 강력한 방광 자극제이므로 요실금에는 치명적이다. 이 밖에 에스트로겐 부족으로 인한 요실금으로 고생하는 여성의 약 50퍼센트는 요도 부위에 에스트로겐을 보충해주는 것만으로도 증상이 완치되거나 호전된다.

재발성 요로감염증이란 우리가 흔히 오줌소태라고 부르는 현상이다. 이 증상은 지나치게 자주 요의를 느끼고 오줌을 참지 못하며, 소변을 볼 때 통증이 매우 심하다. 요도 벽이 얇아졌거나 방광에 문제가 있을 경우 나타나는 것으로 물을 많이 마셔 소변을 자주 보면 박테리아가 조직에 달라붙어 감염되는 것을 막을 수 있다. 크랜베리 주스도 요도나 방광 내벽이 박테리아에 감염되는 것을 방지해준다.

중년 여성에게 요실금은 당뇨병보다 흔한 증상이다. 당신만 그런 것이 아니고 많은 여성들이 공통적으로 겪고 있다. 요실금은 쉽게 치료할 수 있으므로 속으로 끙끙 앓지 말고 전문가의 도움을 구하는 것이 좋다. 요즘에는 간편하게 사용할 수 있는 요실금 방지 장치들이 많이 개발되었으며, 간단한 수술로도 치료할 수 있다.

나와 화해하는 시간

3

부엌에서는
언제나 술 괴는 냄새가 나요.
한 여자의
젊음이 삭아가는 냄새
한 여자의 설움이
찌개를 끓이고
한 여자의 애모가
간을 맞추는 냄새
부엌에서는
언제나 바삭바삭 무언가
타는 소리가 나요.
세상이 열린 이래
똑같은 하늘 아래 선 두 사람 중에
한 사람은 큰방에서 큰소리 치고
한 사람은
종신 동침계약자, 외눈박이 하녀로
부엌에 서서
뜨거운 촛농을 제 발등에 붓는 소리.

부엌에서는 한 여자의 피가 삭은

빙초산 냄새가 나요.

그런데 언제부터인가 모르겠어요.

촛불과 같이

나를 태워 너를 밝히는

저 천형의 덜미를 푸는

소름끼치는 마고할멈의 도마 소리가

똑똑히 들려요.

수줍은 새악시가 홀로

허물 벗는 소리가 들려와요

우리 부엌에서는……

문정희, 〈작은 부엌 노래〉

분노 호르몬의 인도

폐경기가 가까워진 중년 여성들이 가장 크게 겪는 심리적 변화는 걸핏하면 화가 불끈 솟는 것이다. 나이를 먹으면서 좀더 너그럽고 여유 있는 마음을 지니고 싶다는 생각과는 반대로 작은 일에도 괜히 짜증이 나고 속에서 항상 무언가 부글부글 끓고 있다. 내가 왜 이러는 거지? 그동안 잘 참아온 일인데 이제 와서 갑자기 왜 화가 치미는 걸까? 아무리 생각해봐도 새삼스러운 원인은 없다. 그냥 울화가 치밀고 명치끝이 답답하다.

폐경기가 시작되면 호르몬의 변화는 뇌를 민감하게 만든다. 이전에는 쉽게 지나치던 일들에 매우 민감해지고, 분노를 노골적으로 드러내기 시작한다. 공격성이나 분노가 호르몬에 의해 조절된다는 것은 이미 증명된 사실이다. 폐경기에 뇌에서 분비되는 '성선자극호르몬 방출 호르몬(GnRH)'은 거리낌 없이 분노를 겉으로 표출할 수 있는 여건을 조성해준다. 물론 분노가 전적으로 호르몬 변화에 의한 감정만은 아니다. 그러나 분노 같은 해결되지 않은 감정이나 지난날의 기억을 생생하게 되살아나게 만드는 계기로 작용한다.

중년 여성들은 갑자기 표출되는 분노에 매우 놀라고 당황한다. 특히 그동안 자신의 욕구를 많이 억제해온 여성일수록 당혹스러움은 더욱 심하다. 반드시 분노의 형태를 띠지 않을 수도 있다. 단지 신경이 과민해지거나, 매사가 못마땅하거나, 은근히 부아가 치밀거나, 질투심에 사로잡히거나, 침울해지거나, 우울증이 생기거나, 콜레스테롤 수치가 높아지거나, 혈압이 오르는 등 간접적인 증상으로 나타나기도 한다. 그러나 이런 모든 감정이나 신체적 증상은 오직 한 가지 감정, 즉 분노의 다른 얼굴이다.

20년 가까운 결혼 생활 동안 주로 인내하고 참는 입장이었던 나도 어느 날 갑자기 분노 호르몬의 인도를 받게 되었다. 그날도 나는 남편과 아이들 교육 문제로 의견 충돌이 있었다. 아들이 학교에서 보충수업을 듣지 않는 일로 남편이 내게 추궁하고 들었다. 나는 고등학생이니까 본인이 어련히 알아서 결정하겠느냐고 설명했다. 아이 말로는 자기는 보충수업 시간에 엎드려 자기만 하니까 차라리 집에 일찍 와서 자고 밤에 공부하는 게 낫다는 것이었다. 나는 워낙 야행성인 아들의 취향을 이해하는 터라 그 말에 수긍했다. 그런데 남편은 아이들에게는 강제성이 필요하다는 주장이었다. 스스로 알아서 공부하는 애가 몇이나 되겠느냐며 억지로 시켜야 한다는 것이었다. 물론 둘 다 일리 있는 말이었다. 그러나 누구에게 무엇을 강요하길 싫어하고 스스로 선택하는 걸 중요하게 여기던 나는 아이에게 맡겨보자고 설득했다.

이렇게 시작된 충돌은 으레 부부 싸움이 그렇듯이 시간이 지나면서 지난 일에 대한 얘기로 확대되었다. 우리는 양쪽 집안의 반대 속에서 어렵게 결혼했기 때문에 여러 가지 쌓인 상처가 많았다. 그런데 그동안 잘 넘겨왔던 남편의 심한 말들이 그날따라 비수처럼 가슴에 와 박혔다. 평소답지 않게 바락바락 대드는 아내가 의외였는지 남편은 기세등등하던 태도를 누그러뜨렸다.

나는 하고 싶은 말을 생각나는 대로 다 퍼부었다. 주먹만 하게 벌어진 틈 사이로 물이 새어나오자 결국 둑이 무너지는 식이었다. 잊어버린 줄 알았던 일들이 하나씩 되살아났다. 남편이 뭐라고 대꾸하든 막무가내로 하고 싶은 말들을 사정없이 쏟아 놓았다. 정말 할 말이 많았다. 몇 시간을 그렇게 퍼붓고 나니 속이 후련했다. 명치끝을 묵지근하게 막고 있던 돌덩이가 가벼워진 기분이었다. 그날 이후부터 나는 가능하면 참지 않

으려고 노력한다. 더 이상 마음속에 부글부글 끓는 열을 담고
시달리고 싶지 않다. 그러자 마음이 한결 평화로워졌다. 중년
에 비로소 얻게 된 해방감이다.

요즘에는 웬만한 규모의 병원마다 화병火病 클리닉이 운영되고 있다.
예전엔 우리 엄마들이 인정받지 못하던 화병이란 증상이 드디어 공
식적으로 인정을 받은 것이다. 여성들의 잠재된 분노가 가슴이 화
끈거리는 형태로 나타난다는 것을 인정한 의사들에게 박수를 보내
고 싶다. 화병은 심하면 죽을 수도 있는 심각한 증상이다. 어쩌다
병원에 가보면 화병 클리닉은 항상 여성들로 붐비고 있다. 유난히
한이 많은 우리나라 여성들은 가슴속에 품은 열이 많은가 보다.

분노는 표출되어야 한다. 특히 중년에는 분노를 발산하는 것이 삶
이나 건강에 매우 중요하다. 분노 에너지를 그냥 담아두고 있으면
열이 되어 우리 몸을 공격한다. 공격을 당하기 전에 내면의 지혜가
보내는 강력한 메시지를 무시하지 말자. 그동안 자신의 분노를 인
정하지 않았던 여성들에게는 폐경기야말로 그 일을 할 수 있는 마
지막 기회다. 분노의 동기를 명확하게 통찰하는 능력이 생기기 때
문이다.

폐경기 초기에는 분노가 신경과민이라는 형태를 띠는 경우도 있
다. 신경과민은 분노의 약한 형태로 우리를 변화시키지 못한다. 마
치 주전자를 가스 불에 올려놓고 물이 끓기 전에 항상 찬물을 붓거

나 온도를 낮추는 것과 같다. 만일 계속해서 자신의 분노를 회피한다면 우리 몸은 불꽃을 높여 물이 끓게 만들 것이다. 분노가 지속되면 여성의 몸은 호르몬의 균형을 잃는다. 부정적인 감정 상태가 오래 지속될수록 호르몬의 불균형은 점점 심해져 마침내 질병으로 발전하게 된다.

남편이 사업에 성공해 경제적으로 풍요로운 한 친구가 있다. 가정적이고 조용한 성격인 그 친구는 늘 남편의 사업을 돕느라고 끌려다니는 걸 매우 힘들어 했다. 각종 행사에 나가 정부 고위 관리나 사회 인사들의 부인과 눈도장을 찍어야 하고, 외국 바이어를 집으로 초대해 식사를 대접해야 하는 일들이 사람과 어울리는 걸 싫어하는 그 친구에겐 매우 힘겹고 짜증스러운 일이었다. 친구의 소원은 조용히 집안에서 아이들을 키우고, 좋아하는 몇몇 친구와 차를 즐기는 한가로운 삶이었다. 얼굴에 어두운 그림자가 서려 있음에도 친구는 늘 이렇게 위안을 삼는다.

"내가 불평하면 벌 받을 거야. 나처럼 많은 걸 누리고 사는 여자가 흔하겠니? 감사하면서 살아야지. 돈 걱정 없겠다, 아이들 잘 자라겠다, 남편이 좀 바쁘긴 하지만 어쩔 수 없는 일이잖아. 어려운 처지에 있는 사람들이 얼마나 많은데 이런 일로 불평하면 되겠니?"

그러나 이 친구는 항상 소화 불량으로 고생하고 심한 두통에 시달린다.

많은 여성들이 자기보다 힘든 처지에 있는 여성들과 비교함으로써 자신의 고통을 소홀히 하는 경향이 있다. 지나치게 이성적이어서 뇌가 언제나 불평해선 안 되는 충분한 이유를 찾아낸다. 그 이유가 겉보기에는 그럴듯하지만 안을 들여다보면 좀더 근본적인 문제가 도사리고 있다. 다른 사람과 비교해서 자신의 처지를 합리화하는 태도는 건강을 악화시킨다. 감정을 관장하는 오른쪽 뇌가 논리적이고 합리적인 사고를 관장하는 왼쪽 뇌보다 심장과 더 가깝게 연결되어 있기 때문이다. 남과 비교하는 자세는 지적인 뇌를 사용하는 과정으로, 자신의 감정을 헤아리거나 돌보는 데 소홀하게 된다. 감정(emotion)이라는 단어에는 행동(motion)이라는 단어가 내포되어 있다는 걸 잊지 말자. 우리의 행동은 감정에 큰 영향을 미친다. 그리고 감정은 우리를 움직이는 원동력이다.

우리가 자신의 감정을 외면하고 받아들이지 않는다면 치유란 물 건너간 얘기다. 남편에게 모욕을 당하거나, 남편의 불륜으로 정신적 고통에 시달리거나, 정당한 대우를 받지 못하거나, 약속이 지켜지지 않거나, 자존심에 상처를 입었을 때 우리 마음속에는 강력한 적개심이 쌓여간다. 어떤 감정이 자기 안에 쌓여 있는가를 인정하는 것만으로도 우리는 분노에서 해방될 수 있다. 우리 몸이 원하는 건 관심과 사랑이다. 분노의 실체를 파악하면 자기 안에서 해결의 역사가 시작된다.

특정한 감정이 우리 몸의 특정한 기관이나 시스템에 영향을 미친다는 사실은 이미 의학적으로 증명되었다. 중요한 인간관계에서 무력감을 느낄 경우 유방암 발병률이 높다는 사실을 입증한 연구는 많다. 또 부정적인 감정, 특히 적개심을 해결하지 못할 경우 심장 발작으로 사망할 확률이 매우 높다는 사실도 과학적으로 증명되었다. 이 밖에 사회로부터의 고립, 소속감의 상실, 가족의 사망, 사랑하는 사람과의 이별 등은 면역 체계를 약화시켜 전염병이나 자가 면역성 질병에 걸릴 가능성을 높이기도 한다.

우리의 건강과 행복은 우리가 겪는 문제의 심각성보다 이를 받아들이는 자세에 달려 있다. 건강이 유전적, 영양학적, 환경적 요인에 좌우되는 건 사실이다. 그러나 이보다 더 강력한 영향을 미치는 건 우리의 사고방식이나 신념이다. 우리 안에 들어 있는 모든 감정을 인정하자. 아무리 고통스럽고 피하고 싶은 감정이라도 보듬어 안자. 감추고 억제한다고 어디로 가겠는가. 없애려면 밖으로 드러내는 길밖에 없다. 중년의 지혜와 용기로 감정을 솔직하게 표현하는 법을 익히자.

우울증은 성장의 기회

대학 시절, 한참 연극에 빠졌을 때 실험극장에서 보았던 한 연극이 생각난다. 정확한 제목이나 스토리는 생각나지 않지만 한 중년 여성의 삶에 관한 것이었다. 모든 것을 잃고 자포자기한 상태에서 죽음까지 생각하던 한 여성이 옆집에 이사 온 젊은 남성을 만나 서서히 삶의 의욕을 찾아가는 과정을 그린 연극이었던 것 같다. 그런데 주인공이던 중년 여성의 분위기가 너무 침울하고 애처로워서 가슴이 저렸던 기억이 생생하다.

그 후 나는 중년이란 단어를 떠올릴 때마다 그 주인공의 처절했던 이미지가 연상되었다. 그러나 실제로 내가 중년이 되어보니 생각처럼 지는 해나 향기를 잃은 꽃이 아니었다. 아니 오히려 어떤 면에서는 잘 익은 과일만이 가질 수 있는 깊은 맛을 지닌 매력 있는 나이였다. 중년은 우울증으로 찌든 주름진 얼굴만이 아니라 자신의 마음가짐에 따라 천의 얼굴로 표현할 수 있다.

우리는 중년 여성과 우울증은 뗄 수 없는 단짝이라고 생각한다. 그리고 폐경기 여성은 사춘기나 가임기 여성에 비해 우울증에 걸릴 가능성이 높다는 인식을 가지고 있다. 그러나 연구 결과 폐경기의 호르몬 변화는 우울증의 원인이 되지 않는다는 사실이 입증되었다. 폐경기와 우울증은 아무 관계도 없는 것이다. 문제는 그동안 많은 문제점을 가슴에 쌓아두기만 한 여성들의 삶의 태도다.

중년에 접어들면 남편이나 가족, 아이들, 직업 등 대부분의 삶의 요소들이 우리 마음대로 통제되지 않는다. 우리는 젊음을 바쳐 희생해 온 대가를 받고 싶어 하지만 아이들도 남편도 우리 마음대로 움직여주지 않는다. 이런 환경에서 정신적 건강을 지켜가려면 자신의 욕구 충족만을 고집해서는 안 된다. 한 발 물러서서 마음에 들지 않아도 너그럽게 받아들이는 아량과 적절히 타협하는 융통성이 필요하다. 젊은 시절의 삶을 이끌어온 확실함과 강한 통제력은 더 이상 먹히지 않는다. 이 시기에 정신적으로 해방감을 맛보려면 다른 사람이나 외부에 대한 집착을 버리고, 보고 듣고 만질 수는 없지만 자신을 말없이 통제해가는 내면의 지혜로 눈을 돌려야 한다.

우울증은 예고 없이 찾아오는 단순한 생리적 증상이 아니다. 우울증이라는 나무는 과거의 감정이라는 깊은 뿌리를 가지고 있다.

그 나무를 키우는 건 억누른 부정적인 감정이다. 더 이상 나무가 자라지 못하게 하려면 뿌리를 뽑아버리는 수밖에 없다. 내면에 음침하게 도사리고 있는 부정적인 감정들을 밝은 곳으로 드러낼 때 해결될 문제다. 우울증이 약으로 치료될 수 있다는 사고방식에서 벗어나자. 어떤 치료제나 약초도 자신의 내면을 치료할 수는 없다. 약물의 도움을 받을 수는 있지만 침체된 자신의 열정에 다시 불을 붙일 수 있는 건 오직 자신뿐이다.

지금은 세상을 떠났지만 10여 년을 프로작이라는 항우울제를 복용했다 중단하기를 되풀이했던 친구가 있었다. 친구의 엄마는 남편이 일찍 세상을 떠나자 딸을 데리고 재가를 했다. 당시 열 살이었던 그 친구는 양아버지한테 오랫동안 성적 학대를 받았다. 나중에 그 사실을 알아차린 엄마의 도움으로 집에서 독립한 친구는 다행히도 좋은 남자를 만나 행복한 가정생활을 꾸렸다.

그러나 40대에 접어들면서 그 친구는 가슴 깊이 묻어 둔, 이미 잊혀진 줄 알았던 상처가 자꾸 되살아난다고 호소했다. 친구는 서서히 우울증에 빠져들었다. 심한 두통과 불면증에 시달렸고, 식욕을 멈출 수 없어 체중이 한없이 늘어갔다. 아무리 약이나 호르몬을 복용해도 증상은 나아지지 않았다.

결국 친구는 정신과 치료를 받게 되었고 그 과정에서 자신이 성적으로 학대받았다는 사실을 처음으로 솔직하게 받아들였다. 그동안 자신에게 그런 일이 일어났었다는 것을 부정하려고 노력했던 것이다. 자신과 화해를 한 친구는 점차 우울증에서 벗어날 수 있었다. 그리고 고아원에 있는 여자 어린이들의 성적 학대를 방지하는 운동에 적극 참여했다. 얼마 전 간암으로 세상을 떠나기 전까지 그 친구는 밝은 미소로 힘든 처지의 아이들을 위로하고 돌보았다.

의학이 발달한 오늘날 중년의 우울증을 치료할 수 있는 방법은 무궁무진하다. 그러나 우울증에 걸린 여성이라면 도움을 청하는 행동 자체도 매우 힘겹게 느껴진다. 우울증은 성취의 기쁨이나 더 나은 방향으로 노력하려는 의욕을 빼앗아간다. 또 심장 질환이나 관절염에 걸릴 확률을 높이는 주범인 것으로도 밝혀졌다. 의사들의 말에 따르면 관절염 환자를 치료하다 보면 삶에 대한 분노와 우울함이 깊게 깔린 사람이 많다고 한다.

그러나 우울증이나 슬픔, 분노 등의 감정은 우리의 정신이 성숙해가는 과정임을 잊지 말자. 긍정적인 감정보다 고통스럽고 부정적인 감정이 우리의 영혼을 더 승화시킨다. 이제까지 살아오면서 받았던 수많은 마음의 상처들은 우리 몸 어딘가에 도사리고 있으며 해결될 날을 기다리고 있다. 만일 우리가 우울증이라는 내면의 메시지를 접하지 않았다면 이런 상처들에 눈을 돌릴 기회가 있었겠는가.

이제 소외된 자신의 일부에게 사랑을 나눠줄 시간이다. 자신의 내면에 상처가 남아 있다는 사실을 인식하는 것 자체만으로도 우울증이라는 어두운 터널을 빠져나오기에 충분하다. 우울증에 걸렸다는 생각이 들면 증상을 치료하는 데 급급하지 말고 그 원인이 무엇인지 통찰하는 과정이 우선 필요하다.

다른 증상들과 마찬가지로 우울증도 삶의 균형이 깨져 있음을 알리는 내면의 경고라고 말할 수 있다. 이 메시지는 삶이 일부가 성장을 멈추었거나 침체되어 있다는 걸 알리고, 삶에 대한 열정이 부족하다는 걸 가르쳐준다. 또 누군가에게 분노를 느끼지만 직접 표현하지 못하는 감정을 대변해주기도 한다. 이별이나 죽음을 통해 사랑하는 사람을 잃은 상실감이나 슬픔이 원인이 되기도 한다. 우리가 이 경고의 메시지를 알아듣는 귀를 가질 때, 연연하던 집착의 고리를 풀고 해방의 진리를 배울 수 있을 것이다.

가장 효과적인 우울증 치료법은 자신의 모든 감정에 솔직해지는 것이다. 특히 표현을 억제해온 질투나 분노, 죄의식, 슬픔, 노여움 등을 겉으로 표출하는 과정이 필요하다. 이런 부정적인 감정들은 인간이라면 누구나 갖고 있는 자신의 한 부분이다. 중요한 건 감정을 직접적으로 표현하건 간접적으로 해소하건 어떤 식으로든지 해결해야 한다는 점이다. 거부한다고 사라지고 억제될 감정들이 아니다. 만일 우리가 무시한다면 더 큰 절규로 관심을 촉구할 것이다. 이들을 인식하고, 긍정적인 방법으로 표출하며, 자신의 일부로 받아들일 때 이런 감정들은 우리를 해치지 않는다.

우울증은 남성보다 여성에게 더 많이 나타난다. 여성 호르몬이 오로지 생식에만 영향을 미치는 게 아니라 우리의 기분이나 뇌의 작용에도 관여하기 때문이다. 우울증을 느끼는 남녀의 비율은 사춘기 전까지는 동등하다. 그러나 여성에게 난소 호르몬이 생성되고 월경이 시작되면 우울증을 느끼는 비율이 점점 높아져서 22세부터 45세까지 최고 수준을 유지한다. 반면 남성들이 우울증에 걸릴 확률은 전체의 10퍼센트에 불과하다. 여성의 25퍼센트에 비하면 현저하게 낮은 수치다. 세계 여러 문화권을 대상으로 조사한 연구에서 여성의 우울증 비율이 높아지는 나이는 어느 문화권이나 비슷하다는 결과가 나왔다.

그러나 이처럼 전 세계 여성이 공통적으로 우울증에 약한 이유는 천년에 이르는 세월 동안 여러 문화권의 대부분 여성들이 순종을 강요당한 것과 무관하지 않다. 만일 남성들이 여성처럼 오랜 세월동안 억압을 당해왔다면 지금보다 우울증에 걸릴 확률이 훨씬 높았을 것이다. 또 여성의 우울증은 월경이나 임신, 산후, 폐경기와도 관련되어 있다. 생리통이나 과다 출혈 같은 월경 전 증후군에 민감한 여성들은 산후 우울증이나 폐경기 우울증에 걸릴 확률이 높다. 그 이유는 부분적으로 뇌와 난소에서 생성되는 호르몬의 상호작용 때문이라고 할 수 있다. 또 에스트로겐이나 테스토스테론이 부족할 경우에도 기분과 활력을 높이는 엔도르핀 분비가 감소해 우울증의 원인이 될 수 있다.

우울증을 치료하는 약으로는 항우울제나 호르몬 요법을 들 수 있다. 운동도 매우 효과적이다. 우울증 환자의 50퍼센트가 운동만으로 증상을 치료했다는 연구 결과도 있다. 운동은 우리 몸뿐 아니라 기분까지 향상시킨다. 기분이 처질 때 음악을 틀어 놓고 신나게 춤을 추며 집안을 한 바퀴 돌고 나면 한결 상쾌해질 것이다. 이 밖에 밝은 햇볕을 쬐거나 비타민 C를 복용하는 것도 도움이 된다.

우울증은 질병이 아니다. 기분이 한없이 가라앉는 건 가슴에 쌓여 있는 무거운 짐 때문이다. 언제까지 그 짐을 지고 갈 것인가. 내 마음을 무겁게 만드는 짐은 무엇인가. 내면을 들여다보고 원인을 찾아내서 그 짐을 벗어던지자. 앞으로 남은 인생은 홀가분하게 살 수 있도록.

가장 효과적인 우울증 치료법은
자신의 모든 감정에 솔직해지는 것이다.
특히 표현을 억제해온 질투나 분노, 죄의식, 슬픔,
노여움 등을 겉으로 표출하는 과정이 필요하다.

가족, 2001

용서를 통한 치유

40여 년을 살아온 중년 여성의 가슴속에는 수많은 희로애락의 역사가 쌓여 있다. 첫아이가 태어났을 때의 환희, 도저히 잊을 수 없었던 남편의 가혹한 말 한마디, 처음 내 집을 장만했을 때 가슴 설레던 기쁨, 뜨거운 눈물을 흘리게 했던 아이들의 섭섭한 행동, 임신 중에 충분한 사랑을 받지 못했던 아쉬움 등 이제는 과거로 흘러가 버린 많은 기억들이 아직도 생생하게 남아 있다.

한 시인은 중년 여성을 이렇게 표현했다. "오랜 세월은 남편이 되고 아이들이 되어 / 네 몸에 단단히 들러붙어 / 마음껏 진을 빼고 할퀴고 헝클어뜨려 놓았구나……" 그렇다. 우리는 그동안 남편이나 아이들, 부모나 주위 사람들에 의해 상처받고 찢겨졌다. 찬란하게 빛나던 젊음도 사라지고, 원대했던 꿈도 한숨이 되어 허공으로 날아가 버렸다. 이제 남아 있는 건 지쳐버린 마음과 병들고 약해진 몸뿐이다.

지난 세월을 원망하고 싶을 것이다. 살아온 세월이 왠지 억울할 수도 있다. 스스로 내어주고 억지로 빼앗겨서 빈껍데기만 남은 허탈함에 사로잡히기도 한다. 그러나 중년에 우리에게 가장 필요하면서도 어려운 일 중 하나가 바로 용서다. 잘못 살아온 자신의 과거를 용서하고, 우리에게 상처를 입혔던 다른 사람을 용서하는 일이다.

내게도 한동안 나 자신이나 남편이 결코 용서되지 않던 고통의 세월이 있었다. 돌이켜 생각해보면 남편은 딱히 악의가 있었다기보다 워낙 엄격한 아버지 밑에서 자라다 보니 마음이 좀 메말랐던 것 같다. 더구나 아무 어려움 없이 유복하게 자란 남편은 어린 나이에 갑자기 아내와 아이를 책임지는 가장의 위치에 서게 됐다는 게 힘겨웠나보다. 그 힘든 마음을 가까이 있고 비교적 잘 받아주는 아내에게 마음껏 투정을 부렸던 것이다. 그러나 어렵기는 나도 마찬가지였다. 손에서 물방울 통통 튀기며 귀하게 자랐던 나에겐 집안 살림도 커다란 짐인데, 거기에 아이까지 키운다는 건 그야말로 초인적인 힘이 필요했다. 거기에다 걸핏하면 화를 내는 남편까지 받아주며 살아야 했던 결혼 생활 10여 년은 내게 많은 상처를 안겨주었다.

고스란히 내 안에 새겨져 있던 그 상처는 아이들이 어느 정도 자라 마음의 여유가 생기자 하나씩 되살아나기 시작했다. 남편의 부당한 말이나 행동을 참고 살아온 세월이 너무 아쉽고 억울했다. 바보같이 왜 그랬을까. 무엇 때문에 그렇게 힘들게 참고 또 참았을까. 한동안 원망과 회한으로 삶의 에너지를 낭비한 적도 있었다. 그럴 때마다 나는 틈나는 대로 집 가까이 있는 산에 올랐다. 흙냄새, 풀 냄새를 맡으면 신기하게도 금방 마음이 맑아지면서 평온해졌다. 속에서 끓어오르던 분노도 잠시 가라앉았다. 산의 품에 안겨 서서히 마음의 안정을 찾아가던 어느 날, 내 안에서 들려오는 소리가 있었다.

"산은 모든 것을 말없이 받아들이고 있구나. 한여름의 폭염도, 혹독한 겨울의 추위도……그냥 있는 그대로 받아들이고 있구나……."

산은 결코 덥다고 불평하는 법이 없었다. 또 춥다고 움츠러들지도 않았다. 내가 찾아갈 때마다 항상 그 자리에서 묵묵히 새로운 생명을 탄생시키며 사람들에게 휴식처를 제공하고 있었다. 산은 나에게 진정한 용서가 어떤 것인지를 말없이 가르쳐주었다. 고통을 가장 쉽게 견딜 수 있는 방법은 용서를 통해 거기서 해방되는 것이었다.

나는 자연의 지혜를 통해 비로소 미움과 원망으로부터 해방될 수 있었다. 그러자 새로운 삶이 열리기 시작했다. 남편의 좋은 면들이 눈에 들어오기 시작한 것이다. 내 시야는 미움이라는 베일에 가려져 그동안 또 다른 세계를 보지 못했던 것이다.

어느 모임에서 만났던 50대 부인의 말이 생각난다. 몇 번 만나 얼굴을 익힌 정도였는데 그날따라 서로 마음을 터놓는 얘기가 오갔다.

"저는 3년 전에 폐경기를 맞았어요. 한동안 얼굴이 화끈거리고 온몸으로 쥐어짜는 듯한 고통이 밀려오면서 식은땀을 비오듯 쏟아내곤 했죠. 그런 증상은 주기적으로 몇 달 동안 잠잠하다가 나타나곤 했어요. 그런데 갑자기 살아온 세월이 억울해지더군요. 전 어려운 집안의 맏며느리로 시집갔어요. 남편은 잘생기지도 학벌이 좋지도 않았고, 집안도 형편없었어요. 제가 남편을 선택했던 이유는 제 말을 잘 들어주고 제게 너무 헌신적이었기 때문이지요. 제가 무슨 말을 해도 열심히 귀를 기울여주고 제가 원하는 건 뭐든지 해주려고 노력하는 모습이 제 마음을 움직였어요.

결혼해서 6남매가 되는 시동생들 뒷바라지하고 시부모 모시면서 정말 힘든 세월을 살아왔어요. 그래도 늘 너그럽고 자상한 남편 덕에 큰 마음고생 없이 살아왔다고 생각했는데 어느 날 그렇게 소중하던 남편도, 두 아들도, 성심껏 모셔온 시부모님이나 시동생들도 모두 덧없다는 생각이 드는 거예요. 힘들고 어려울 때 힘들다고 얘기하지 못했던 게 억울하고, 정말 갖고 싶던 거 하나 마음대로 갖지 못하고 식구들 뒷바라지해 온 게 속상해지는 거 있죠. 결혼할 때 받은 금반지가 제가 갖고 있는 패물의 전부예요. 처음 김치냉장고가 나왔을 때, 대식구여서 늘 김장하듯 김치를 담가야 했던 저는 그게 꼭 갖고 싶었어요. 하지만 이제까지 장만하지 못했답니다. 그 모든 것이 시댁 식구들 뒷바라지 때문이라고 생각하니 남편도 시댁 식구들도 모두 싫어지더군요. 그 사람들 때문에 찌들려왔던 내 삶을 되돌려달라고 소리치고 싶었어요."

결혼 전에 스튜어디스로 근무했다던 그 부인은 아직도 아름다웠다. 그러나 그 부인의 아름다움은 정작 그 마음에서 더욱 빛났다.

"전 한동안 허전한 마음을 가눌 길 없어 많이 방황했어요. 어느 것도 내 마음속에 도사리고 있는 원망의 그림자를 몰아내지는 못했죠. 그런데 어느 날 잠든 남편의 얼굴을 보니 그렇게 늙고 초라해 보일 수가 없었어요. 갑자기 눈물이 핑 돌더군요. 효자인 남편은 부모님 모시랴, 동생들 뒷바라지하랴, 처자식 먹여 살리랴 젊음을 다 바친 거예요. 거기다 제 마음까지 헤아리며 배려해주느라고 얼마나 힘들었을까요. 나이보다 더 늙어 보이는 남편의 자는 얼굴을 바라보노라니 모든 것이 스르르 용서되었어요. 이 남자를 위해서라면 내 젊음을 바친 게 아깝지 않았구나 싶더라고요."

중년 여성들의 곰삭은 사랑이 아니면 도달하기 힘든 보살의 경지다. 그러나 용서와 체념은 다르다. 체념은 원망이나 불만을 그냥 마음속에 담아 덮어두는 것이고, 용서는 그걸 꺼내 해결해서 없애는 것이다. 대부분의 여성들은 중년의 나이쯤 되면 체념에는 도사다. 아무리 속을 끓이고 몸부림을 쳐도 마음대로 되지 않는 부분이 있다는 걸 깨닫게 되기 때문이다. 괜히 진 빼지 말고 일찌감치 포기하자. 세상일이 다 정해진 길이 있는 법이니까. 내 힘으로 되는 일이 뭐가 있으랴. 물론 세상살이에는 체념도 필요하다. 그러나 우리가 중년에 해결해야 할 과제는 용서다. 자신 안에 쌓여 있던 감정의 쓰레기들을 대대적으로 치우는 작업이 먼저 이루어져야 한다. 새 집을 지으려면 땅부터 정리하고 다지는 게 순서이다.

용서는 다른 사람보다 우선 자기 자신에서부터 시작해야 한다. 자신과 화해하지 않고는 다른 사람을 용서할 수 없다. 자신의 부족함이나 잘못을 받아들여 막혔던 마음이 뚫리지 않는다면 다른 사람을 받아들일 공간이 없다. 우리 주위에는 앞날을 행복으로 이끌어줄 많은 에너지들이 흐르고 있다. 그 에너지를 받아들이려면 미움과 불만으로 닫힌 마음을 활짝 열어야 한다. 좋은 에너지에 접속할 수 있는 코드는 너그러운 용서다. 용서를 통해 받아들인 우주의 에너지는 우리의 남은 인생을 힘차게 이끌어줄 것이다.

상실감 속에서 다시 태어나는 나

몹시 지치고 힘든 날 젖은 솜처럼 무거운 몸을 이끌고 집으로 돌아 갔을 때, 반갑게 맞아주는 가족들의 환한 미소에서 새 힘을 얻었던 경험은 누구나 있을 것이다. 우리에게 사랑하는 사람이나 좋아하는 일, 안식처가 되는 가정이 없다면 인생이 얼마나 삭막할까. 그러나 중년이 되면 우리를 지탱해주던 이런 기둥들이 흔들리기 시작한다. 사랑하는 사람과의 이별, 장성한 아이들이 떠나 썰렁해진 집, 일선 에서 밀려나야 하는 설움이 그렇지 않아도 구멍 뚫린 가슴을 더욱 허전하게 만든다. 든든한 받침이 되어주던 기둥에서 떨어져 나와 홀 로서기를 해야 할 시기가 된 것이다. 다행히도 신은 우리에게 홀로 서기에 필요한 힘을 미리 준비해 놓았다.

점성학자이자 작가인 바바라 핸드 클로Barbara Hand Clow 여사는《거룩한 성性의 빛 – 중년의 위기에 찾아오는 쿤달리니》라는 저서에서 중년의 위기에 새롭게 생성되는 쿤달리니 에너지에 대해 설명하고 있다. 40세를 전후한 시기에는 쿤달리니로 알려진 우주 에너지가 등뼈 속에서 조금씩 발산되면서 몸의 각 에너지 센터를 활성화한다는 것이다. 이 힘은 중년으로 접어든 여성을 새롭게 탄생시키는 원동력이 된다. 그녀는 "인간은 30세에 형성되고, 40세에 변화하며, 50세에 완성된다."고 중년의 힘을 특히 강조한다.

그러나 중년에 새로운 완성을 추구하기 위해서는 지금 가지고 있는 것 중에서 버릴 것은 버리고 포기할 것은 포기하는 가지치기 작업이 필수적이다. 우리는 지금 진정한 내면에 도달하기 위해서 겪어야 하는 여러 갈래의 과정 중 막바지 단계에 이른 것이다. 각 과정은 우리의 잠재 능력을 발휘하게 만드는 특별한 변화로 이루어져 있다. 지금은 가지고 있던 것을 잃고 잃었던 것을 되찾는 변화를 통해 자아를 완성해가는 과정이다.

우리가 겪는 상실감이나 공허감, 안면 홍조 같은 폐경기 증후군이 우리를 좀더 큰 목적으로 이끄는 우주의 섭리라고 생각해본 적이 있는가? 과거의 삶에서 벗어나 새롭고 건강한 인간으로 다시 태어날 기회와 동기를 부여하는 것이다. 그러나 우리는 대부분 눈앞에 닥친 현실에만 집착해 전체적인 상황을 깨닫지 못하는 경우가 많다. 지금 당장 겪는 상실감이나 허전함에 짓눌려 좀더 큰 삶이 우리 앞에 펼쳐져 있다는 걸 알지 못한다. 우리는 모두 이런 근시안적인 안목으로 살아가고 있다. 불혹의 나이에 접어든 중년 여성들은 좀더 넓은 시야로 삶을 재조명할 지혜를 갖춰야 한다.

폐경기는 자신의 삶에 대한 주권을 되찾고 싶은 욕망과 필요성이 가장 절실해지는 시기다. 우리는 그동안 감히 직면할 용기를 내지 못했던 인간관계의 가치와 의미에 대해 회의를 갖기 시작한다. 소중한 인간관계를 좀더 깊은 차원으로 유지하길 바라면서도 가장 가까운 사람들 – 부모, 아이들, 배우자, 친구 등 – 과의 관계가 새롭게 변해야 할 필요성을 절감하기도 한다. 이런 재정립 과정을 거치는 동안 지난 삶을 잃는 안타까움은 어쩔 수 없이 감수해야 한다. 중년에 거쳐야 할 삶의 변화를 인정하고 그 변화가 가져다줄 상실감을 두려워하지 않는 용기는, 인생의 후반기를 건강하게 보내기 위한 기초공사에 반드시 필요한 요소다.

폐경기에 찾아오는 상실감이나 외로움, 소외감 등은 빈둥지증후군이라는 증상으로 발전하기도 한다. 중년이 되기 전에 아무리 안정되고 행복한 삶을 누린 여성이라도 인생의 후반기로 들어서면 누구나 어떤 형태로든 상실감을 감수해야만 한다. 그동안 삐걱거리며 살아오던 남편과 이혼을 하거나, 배우자가 죽음을 맞이하거나, 직장을 옮기거나 쫓겨나거나, 아이가 성장해서 자신의 삶을 개척하기 위해 집을 떠나게 된다. 한때 복닥거리던 집안은 텅 비고, 할 일이 없어지며 허전해지게 마련이다.

그러나 이러한 공허감이나 불안감, 허전함이 고통을 가장한 축복인 것만은 분명하다. 새로운 삶을 탄생시키기 위해 산고를 겪는 것이다. 우리의 호르몬이나 뇌, 그리고 몸은 이미 기쁜 마음으로 새로운 탄생을 준비하고 있다. 자기 자신만 아직 그 사실을 깨닫지 못하고 있을 뿐이다. 새로운 삶을 탄생시키기 위해서는 그동안 힘든 인간관계를 유지하거나 일상에 바빠 소홀했던 공허감이라는 깊은 심연을 들여다보는 과정이 필요하다. 고통스럽다는 핑계로 변화를 피해 안주하려는 것은 조류를 타고 새로운 미지의 바다로 가려 하지 않고 물살을 거슬러 오르려는 것과 같다. 새 길로 들어서려면 오던 길을 벗어나야 한다. 익숙한 것을 버리고 미지의 세계로 나아가는 용기가 필요하다. 자신의 존재 가치를 증명해주던 기존의 환경에서 떨어져 나온다는 것은 두려운 일이다. 특히 깊은 상실감을 체험하거나 새로운 삶으로 가는 길이 희미할 경우 그 두려움은 더욱 커진다.

모든 여성들이 뼈저리게 경험하는 집이 텅 비고, 생활 환경이 바뀌고, 삶의 목표가 사라지고, 방향 감각을 잃은 듯한 기분은 새로운 삶이 열리기 시작한다는 신호이다. 우리는 모든 것을 떠나보내고 새로운 길이 확실히 열릴 때까지는 어느 정도 과도기를 거쳐야 한다. 당분간 드러나지 않는 곳에서 두려움과 비탄과 혼란스러움을 충분히 느낀 후 그걸 받아들여야 한다. 이런 과정을 잘 견디면 서서히 안개가 걷히고 희망찬 새 삶을 위한 새로운 문, 새로운 방향, 새로운 목표가 눈앞에 드러나기 시작한다.

나도 얼마 전 빈둥지증후군에 발목이 잡혀 어두운 터널 속을 헤맨 경험이 있다.

나는 주변 사람들에게 과잉보호라는 비난을 받을 만큼 아이들에게 정성을 바치는 엄마였다. 10년 동안 직업을 가지고도 가족들 저녁 식사는 직접 내 손으로 장만하는 극성을 부렸다. 그러나 언제부터인가 큰아들이 조금씩 엄마에게서 멀어지면서 나는 가슴 한쪽이 떨어져나가는 깊은 아픔을 경험했다. 내가 누워 있던 침대로 들어와 가슴에 얼굴을 비벼대던 아들은 어디로 갔나. 아들의 머리에서 나던 비릿한 젊음의 냄새도 더 이상 맡을 수가 없다니. 다행히 딸이 있어 그 허전함을 덜어주었지만 그래도 아들에 대한 내 짝사랑은 쉽게 포기되지 않았다. 더구나 대학에 들어간 아들이 멀리 캐나다로 유학을 떠나자 가슴 한쪽에 커다란 구멍이 뚫린 것 같았다. 아들을 유학 보냈던 한 친구의 말이 생각났다.

"하도 속을 썩여서 눈에 안 보이면 속이 시원할 줄 알았는데 그게 아니더라. 글쎄, 한밤중에 일어나 몇 번이나 엉엉 소리내며 울었지 뭐니."

썰렁한 아들 방을 볼 때마다 눈물이 핑 돌아서 방문을 꼭 꼭 닫아 놓고 가능하면 아들 방에 들어가지 않았다. 아들이 떠나고, 남편도 외국으로 장기 출장을 간데다, 고3인 딸은 입시 준비로 새벽에 나가 밤 12시가 넘어야 돌아오자 나 혼자 집안에 있는 날이 많았다. 집에서 일을 하는 직업 탓에 나는 아침부터 밤늦게까지 혼자 집을 지켜야 했다. 밥도 혼자 먹고 차도 혼자 마시고 잠도 혼자 잤다.

처음에는 한가롭고 오붓한 혼자만의 시간이 행복했다. 집안 일로 시간을 빼앗기지 않는 게 좋았고, 미묘한 신경전으로 스트레스를 받을 일도 없었다. 결혼 후 처음으로 맛보는 평화였다. 먹고 싶을 때 먹고 자고 싶을 때 잤다. 좋아하는 영화도 아무 때나 훌쩍 가서 볼 수 있는 꿈같은 시간이 흘렀다. 그렇게 두 달쯤 지난 어느 날이었다. 밥하는 게 귀찮아 햇반을 데워 대충 저녁을 때우려고 식탁에 앉는 순간, 나도 모르게 눈물이 툭 떨어졌다. 온 가족이 둘러앉아 재잘거리며 부산하게 밥을 먹던 시간들이 생각났다. 밥 먹다 말고 몇 번씩 일어나 시중을 들던 짜증스럽던 시간이 왜 그리워지는 것일까?

난 외로웠다. 잃어가는 것들이 아쉬웠다. 내 젊음을 바쳐 이룩해온 모든 것들이 내게서 떠나가고 있었다. 이제 내게 남은 것은 무엇인가. 그래, 내가 좋아하는 일이 있잖아. 전화만 걸면 밥도 사주고 차도 사주며 내 하소연을 들어줄 친구들도 있어. 조금 있으면 남편도 돌아오겠지. 그렇지만……그렇지만……내가 아쉬워하는 건 다른 것이었다. 스러져가는 젊음, 되돌아오지 않을 지난날들, 두 번 다시 누리지 못할 많은 감정들…….

그날부터 일이 손에 잡히지 않았다. 밥을 안 먹어도 배가 안 고팠고, 잠꾸러기인 나인데 잠도 오지 않았다. 그냥 하루 종일 집안을 배회하며 어슬렁거렸다. TV를 켜 놓고도 멍하니 딴 생각에 사로잡히곤 했다. 영화를 보러 가도 재미가 없고, 정말로 외로웠다.

이런 우울한 기분이 6개월 이상 지속되었다. 내 마음은 깊은 심연 속으로 한없이 가라앉고 있었다. 하는 수 없이 정신과 의사인 선배 언니에게 전화를 걸었다. 그 선배의 도움으로 난 글을 쓰기 시작했다. 그냥 아무렇게나 하고 싶은 말을 써내려 갔다. '좋다 나쁘다, 된다 안 된다'를 따지지 않고 그냥 생각나는 감정을 있는 그대로 적어나갔다. 욕하고 싶으면 아는 욕을 다 동원해서 실컷 욕했고, 하고 싶은 일이 있으면 불가능한 걸 따지지 않고 모두 토해냈다. 펑펑 울며, 얼굴이 벌게지도록 분노하며, 흐뭇하고 행복한 미소를 지으며 마음속에 있는 것들을 하나씩 토해냈다. 나는 지난날과 이별하는 관문을 그렇게 어렵게 통과했다.

며칠을 실컷 쏟아내고 나니 마음이 한결 후련했다. 몸까지 가벼워진 기분이었다. 새로운 의욕이 샘솟았다. 비운 마음을 뭔가 새로운 것으로 채우고 싶다는 도전 의식이 생겼다. 감정을 있는 그대로 받아들이고 흠뻑 빠지는 과정을 거쳐 새롭게 태어난 것이다. 성인이 되어 이제까지 내가 살아온 날들보다 더 많은 날들이 내 앞에 펼쳐져 있다. 이제까지 길벗이 되어준 사랑하는 가족들, 부모 형제들, 친구들아 고맙다! 그러나 이제부터는 나 혼자 가야 한다. 아니, 나와 내 안의 나 둘이서 서로 의지하고 격려하며 새로운 인생을 살아가야 한다. 이제야 비로소 진정한 내가 나를 위한 삶을 살게 되었다. 독립을 기리며 만세 삼창이라도 불러야 할까?

나약함의 가치

언젠가 유명한 사진작가의 전시회에 간 적이 있다. 시커먼 먹구름이 깔리고 폭풍우가 휘몰아치는 넓은 초원에 가냘픈 야생화 한 송이가 외롭게 삐죽 솟아 바람에 흩날리는 사진이 있었다. 그 사진을 본 순간 야생화가 바람에 부러지거나 뽑히지 않게 바람을 막아주고 싶다는 마음이 뭉클 일었다. 다른 사람들도 그 사진 앞에서 오래 발길이 머무는 걸 보니 감동을 느꼈던 것 같다. 야생화는 자신을 지켜낼 충분한 힘을 갖고 있다. 그러나 겉으로 드러난 나약한 모습이 보는 사람의 관심과 사랑을 불러일으킨 것이다.

나는 감정을 밖으로 드러내기보다는 안으로 삭이는 타입이다. 그리고 성격상 다른 사람이 힘든 걸 보는 것보다 내가 힘든 게 더 편하다. 성격이 불같은 남편과의 결혼 생활에서도 제대로 맞서 부부 싸움 한 번 화끈하게 해보지 못하고 늘 묵묵히 견디는 편이었다. 우선 갈등이 생겨 불편한 것이 싫었고, 어쩌다 맞서 싸워도 말을 많이 할수록 서로에게 상처를 주는 것이 싫었다. 더구나 나는 인내심과 의지가 강한 걸 은근히 자랑스럽게 생각하고 있었다. 이런 극기심이 내 마음과 몸을 병들게 하고 있다는 생각은 꿈에도 해본 적이 없었다.

우리 결혼 생활은 15년이 지나면서부터 갈등이 드러나기 시작했다. 그 전까지는 아이들 키우고 살기 바빠서 서로 참고 넘어가던 문제들이 한꺼번에 폭발하기 시작한 것이다. 안에서 부글부글 끓으면서 차오른 증기가 마침내 겉으로 분출하기 시작했다. 우리 결혼 생활이 삐걱거리자 누구보다도 놀란 건 부모 형제를 비롯한 주위 사람들이었다. 항상 잘 웃고 불평 한마디 없이 살던 내가 어느 날 남편과 이혼하고 싶다고 선언하자 모두들 납득이 안 간다는 태도를 보였다.

"네가 뭐가 부족해서 이혼하니? 남편 멀쩡하겠다. 아들 딸 똑똑하고 잘났겠다. 시댁하고 아무 문제없겠다. 너 같은 애가 이혼하면 대한민국에 이혼 안 할 사람 없겠다."

기가 막혔다. 내가 그동안 살아오면서 흘린 눈물을 다 합치면 커다란 강 하나는 만들고도 남았다. 커다란 돌덩이가 박힌 것처럼 가슴이 답답하고 숨이 찬 이 심정을 아무도 몰라준단 말인가! 난 내가 잘못 살아왔음을 알았다. 그동안 항상 그럴 듯한 미소로 모든 어려움을 덮어버리고 좋은 모습만 보이려고 노력했던 것이다. 이런 내 태도는 집안에서도 마찬가지였다. 남편은 물론 아이들에게도 어려운 내색을 하지 않는 것이 좋은 엄마, 좋은 아내가 되는 길이라고 생각했다. '에이, 내가 좀 참지 뭐. 내가 조금만 힘들면 다른 사람들이 편할 텐데.' 그러면서 내가 얼마나 착한 엄마고, 얼마나 현명한 아내인지를 남편과 아이들이 알아줄 거라고 생각했다. 나중에 시간이 지나면 다 알 거야. 지금은 조금만 참고 견디자. 그러나 그건 커다란 착각이었다. 어느 날 내가 남편에게 그동안 얼마나 쌓인 것이 많고 얼마나 힘든 세월을 참고 견뎌왔는가를 울면서 호소하자 남편의 말은 한마디였다.

"누가 그렇게 참고 견디래? 말하지 그랬어."

난 허탈한 기분이 들었다. 누굴 위해서 그 힘든 세월을 견뎌왔던가. 하지만 남편도 억울하다고 했다.

"내가 그렇게 가슴에 못 박을 정도로 잘못한 게 뭐가 있어? 바람을 피웠냐, 돈을 안 벌어다줘서 먹고살기가 힘들었냐? 내 성격이 좀 거칠어서 상처를 받은 건 이해가 가지만, 난 당신이 잘 참아주니까 견딜 만한 줄 알았지. 처음부터 힘들다고 말했으면 나도 더 노력했을 거야."

문제는 나였다. 그래, 내가 힘들면 힘들다고 얘기했어야 했다. 아무 문제없이 행복하게 잘 지내는 것처럼 항상 의연하고 멋진 태도를 보인 게 잘못이었다. 아무도 내 어려움을 모르고 있었는데 어떻게 도와줄 수 있었겠는가.

나는 약한 모습을 보이는 걸 자존심 상하는 일로 생각했고, 무슨 일이라도 잘 참고 견딜 수 있다는 자만심에 차 있었다. 그러나 어느 날부터인가 날 보호하고 있던 갑옷의 무게가 힘겹게 느껴졌다. 무거운 갑옷으로 겹겹이 무장하고 너무 오랜 세월을 견뎌온 것이다. 이제 갑옷을 벗어 놓고 홀가분해지고 싶었다. 무장을 해제할 때가 된 것이다. 어려움을 이길 수 있는 유일한 방법은 자신의 나약함을 감추거나 갑옷으로 단단히 무장하는 것이라는 사고방식에서 벗어나야 했다. 무장을 한 사람과는 싸우려고 들지만 나약한 사람은 도와주고 싶은 게 사람의 심리다. 굳이 힘들게 무장해서 다른 사람의 도움을 거부할 필요가 있을까? 자신을 위장하는 방법으로는 성숙해질 수 없다. 마음의 문을 활짝 열고 자신의 나약함을 인정할 때 더 많은 것을 얻을 수 있다. 나약함이야말로 다른 사람에게 많은 선물을 받아서 누릴 수 있는 중요한 열쇠다. 중년에 접어들면서 남성들이 점점 외톨이가 되는 반면 여성들은 친구와의 유대 관계가 더 깊어진다. 그것은 중년 여성들이 자신의 결점을 솔직하게 드러내는 용기를 가졌기 때문이다.

나이를 먹자 언제부터인가 친구들 모임에서도 서로 솔직해지기 시작했다. 전에는 친구들끼리 모여도 다른 친구에게 지기 싫어 애써 행복한 척하며 부끄러운 일은 결코 입 밖에 내지 않았다. 그리고 남편이나 아이들 욕도 적당한 선에서 조절을 했다. 그러나 나이를 먹으면서 이제 모두들 거칠 것이 없다는 식으로 변했다. 깊은 속마음도 스스럼없이 내비치고, 부끄러운 사생활도 거리낌 없이 공개한다. 사는 게 다 그렇고 그렇다는 걸 알 만큼 도가 트여서인지 얼굴이 두꺼워져서인지는 모르지만 어쨌든 솔직한 아줌마들끼리 만나서 한바탕 웃고 떠들면 속이 후련해진다.

나는 나이를 먹을수록 빈틈없고 완벽한 사람보다 어딘지 부족하고 빈구석이 있는 사람에게 더 정감이 간다. 쉽게 다가갈 수 있고 내 부족함을 드러내도 크게 부끄럽지 않은 편안함이 느껴지기 때문이다. 소박함이나 부족함의 가치를 아는 지혜를 얻게 된 것이다.

이제 나는 남의 눈에 어떻게 비칠까 연연하지 않는다. 지금까지 이만큼 남을 위해 살아왔으면 충분하다. 뻔뻔스러운 아줌마의 특성을 발휘해서 힘들면 힘들다고, 하기 싫으면 하기 싫다고 당당하게 표현하려고 노력한다. 물론 용기와 훈련이 필요한 일이다. 그러나 20여 년 동안 억눌려 있던 기가 뭉쳐서 몸 안에서 말썽을 일으키기 전에 밖으로 발산되도록 마개를 열어주기로 했다. 아이를 키우고 살림을 하면서 둘렀던 수퍼우먼의 망토를 벗고 본연의 모습으로 돌아가고 싶다.

오기와 극기심으로 지탱해낼 수 있는 시간은 이제 지나갔다. 절

정기를 지난 우리의 몸과 마음은 쉬고 싶어 한다. 부족하면 부족한 대로 모자라면 모자란 대로 자신의 모습을 사랑하자. 그리고 당당하게 있는 그대로의 모습을 드러내자. 이제부터 진정한 나로 남은 반생을 살아가는 것이다. 체면이나 겉치레보다 더 소중한 건 바로 나 자신이다. 중년의 건강은 마음의 건강에서 비롯된다는 사실을 잊지 말자.

할 말을 참지 말자

우리가 자랄 때 읽었던 동화 중에 〈임금님 귀는 당나귀 귀〉라는 이야기가 있다. 임금님 머리를 깎는 이발사가 임금님 귀가 당나귀처럼 크고 길쭉하게 생겼다는 비밀을 알게 되었다. 그 흥미로운 사실을 다른 사람에게 알리고 싶었으나 벌을 받을까 봐 말을 못 하던 이발사는 결국 병에 걸렸다. 시름시름 앓던 이발사는 결국 대나무밭에 들어가서 크게 소리를 지른다. "임금님 귀는 당나귀 귀다!" 가슴속에 맺힌 말을 속 시원히 털어 놓은 이발사는 병이 나았지만 바람이 불 때마다 대나무밭에서 "임금님 귀는 당나귀 귀다!"라는 소리가 들려와 결국 온 백성이 알게 되었다는 재미있는 이야기이다.

동화에서도 알 수 있듯이 사람은 할 말을 억지로 참으면 병에 걸린다. 중년 여성들 특히 우리나라 주부들은 하고 싶은 말이 가슴 가득 쌓여 있다. 그 한을 풀어내자면 3박 4일이 걸려도 모자랄 말들이 친친 감겨 가슴속을 꽉 틀어막고 있다. 화목한 가정을 만들겠다는 사명감에, 좋은 아내 좋은 엄마라는 칭찬이 듣고 싶어 우리는 얼마나 많은 말들을 참아왔던가! 꾹꾹 눌러 참아온 말들은 내면에서 곪아 병을 일으키기 시작한다. 특히 할 말을 내뱉지 못하고 억제하면 목에 질병을 얻는다. 폐경기 여성에게 가장 치명적인 증상인 심장 발작도 주로 목이나 턱, 위쪽 가슴을 통해 나타난다. 남성의 심장 발작이 뇌혈관이나 심장에서 오는 것과 대조적이다.

갑상선 기능의 문제는 폐경기 전후에 가장 많이 나타나는 증상이다. 폐경기 여성의 4명 중 1명은 갑상선 기능에 문제가 있는 것으로 밝혀졌다. 갑상선 기능이 원활하지 못한 여성들은 체중이 갑자기 증가하거나, 손발이 차가워지거나, 유난히 피로감을 느끼거나, 머리카락이 가늘어지는 증상을 경험하지만 전혀 자각 증상을 느끼지 못하는 경우도 많다. 갑상선 기능 저하는 갑상선 호르몬의 부족과 에스트로겐 우세 현상이 복합적으로 작용한 결과다. 만일 이런 여성에게 호르몬 대체 요법을 사용해서 에스트로겐을 보충한다면 증상을 더욱 악화시키게 되므로 유의해야 한다.

나는 이렇게 주장하고 싶다. 많은 여성들에게 갑상선 기능 저하가 나타나는 것은 평생 동안 하고 싶은 말을 '삼키며' 살아왔기 때문에 목 주변의 에너지가 억제당한 결과다. 가정의 화목을 위해서 또는 감정을 억누르는 것이 미덕이라고 배웠기 때문이다. 그러나 중년에 고갈된 목 주변의 에너지를 보충하지 않는다면 몸은 더 이상 기다려주지 않고 경고의 메시지로 관심을 촉구할 것이다. 경고를 받기 전에 꾹꾹 눌러 안에 쌓아 놓은 말들이 썩어 독을 뿜고 있지 않은지 되돌아보자.

다행히도 폐경기의 호르몬 변화는 우리에게 안에 있는 말들을 쏟아낼 수 있도록 용기를 부여한다. 자연의 지혜는 알수록 신비롭기만 하다. 어떻게 그렇게 적시에 필요한 것들을 적절하게 준비하고 예비하는지 저절로 고개가 숙여진다. 신이 허락한 이 절호의 기회에 삶을 재정비할 시간을 갖자. 멍석을 깔아주었는데 뭐가 두려우랴. 하고 싶은 말이 있으면 담아두지 말고 하고, 하고 싶은 일이 있으면 망설이지 말고 도전해보자. 생식 호르몬의 베일이 걷히는 이 시기에는 남을 보살피는 일에 헌신하는 것만으로는 절대로 만족할 수 없다. 그리고 이제까지 소량으로 분비되던 남성 호르몬의 양이 증가하면서 눈을 외부로 돌리게 만든다. 이런 여러 가지 지원 사격에 힘입어 우리는 자신의 삶이라는 고지를 되찾기 위해 힘차게 돌격할 수 있는 것이다.

대학 때 봉사 단체에서 만났던 한 의대생 선배가 있었다. 선배는 아버지가 일찍 돌아가셔서 어려서부터 어머니를 도와 동생들을 돌보고 돈을 벌어야 했다. 공부를 잘했던 선배는 고등학생 때부터 중학생에게 공부를 가르쳐서 학비를 마련하고 생활비를 보탰다. 대학에 진학해서는 힘든 의대 공부를 하면서도 아이들을 가르쳐서 학비를 마련했다. 그런데도 선배의 얼굴에는 늘 미소가 떠나지 않았다. 지금 생각해보면 그늘이 있는 미소였지만 난 왠지 사려 깊어 보이는 그 선배를 무척 좋아하고 따랐다. 한 가지 마음에 걸리는 게 있다면, 어쩌다 어울려 술을 마시면 말없이 눈물을 흘린다는 것이었다. 난 힘들게 살아와서 마음속에 설움이 많은가 보다 하고 이해했다.

성적이 뛰어났던 선배는 대학 병원에 남아 공부를 계속했다. 산부인과를 전공했던 선배는 불임 시술의 권위자로 인정받아 돈과 명예를 거머쥐게 되었다. 그리고 좀 늦긴 했지만 마흔이 가까운 나이에 동료 의사와 결혼도 했다. 성공을 위한 모든 것을 소유한 것처럼 보였다. 선배가 얼마나 힘들게 살아왔는지 아는 나는 아낌없는 박수를 보냈다.

그런데 결혼한 지 일 년도 채 되지 않아 선배는 심장 발작으로 세상을 떠났다. 너무 뜻밖의 일이었다. 이제 겨우 성공해서 남부러울 것 없이 살게 되었는데 갑자기 죽다니! 영안실에 모인 사람들은 모두 전도유망한 한 여의사의 죽음을 매우 안타까워했다.

선배의 죽음에 충격을 받았던 나는 오랜 기간 우울한 기분을 떨쳐버리지 못했다. 늘 잔잔하던 선배의 미소가 떠올랐다.

'그래, 그 미소 뒤에 감추어져 있던 많은 말들을 우린 읽지 못했던 거야. 얼마나 하고 싶은 말이 많았을까. 술만 마시면 흐르던 선배의 눈물 속에는 북받치던 넋두리가 녹아내렸던 걸 거야.' 떠난 지 10년이 흘렀지만 난 아직도 비가 오는 날이면 그 선배가 생각난다. 비를 유난히 좋아했던 여린 선배 생각에 마음이 아프다.

"여자가 하고 싶은 말을 어떻게 다 하며 살것냐, 참고 살다 보면 좋은 날도 있는 거지." 우리 친정 엄마가 늘 하시는 말씀이다. 여자 시집살이는 장님 삼 년, 귀머거리 삼 년, 벙어리 삼 년이란 옛말도 있다. 모두 다 좋자고 하는 말이다. 그러나 꼭 그렇게 참고 살아야만 좋아지는 걸까?

내 생각은 다르다. 좋은 관계를 맺자면 서로를 이해하고 받아들여야 한다. 자신의 생각을 상대방에게 이해시키는 것이 오히려 장기적으로 좋은 관계를 유지하는 길일 것이다. 참는 것이 가장 좋은 해결책인 것으로 알고 살아온 나도 속에 있는 말을 겉으로 표현하기 시작하면서 남편과의 관계가 한결 좋아졌다.

자신의 생각을 말로 표현하는 것은 용기와 노력 그리고 연습이 필요한 일이다. 그동안 할 말을 참고 살아왔다는 생각이 든다면 이제부터라도 조금씩 자신의 생각을 표현해보자. 속도 후련해지고 상대방과의 관계도 생각보다 좋아질 것이다. 물론 어떤 식으로 표현하느냐가 중요하다. 부드럽고 진솔하게 접근하는 지혜가 필요하다. 감정이나 느낌을 솔직하게 표현할 때의 즐거움은 경험하지 않은 사람은 모른다. 우리도 이런 즐거움에 도전해보자.

4

새 에너지를 키우자

추운 겨울날에도

식지 않고 잘 도는 내 피만큼만

내가 따뜻한 사람이었으면

내 살만큼만 내가 부드러운 사람이었으면

내 뼈만큼만 내가 곧고 단단한 사람이었으면

그러면 이제 아름다운 어른으로

저 살아 있는 대지에다 겸허히 돌려드릴 텐데

돌려드리기 전 한번만 꿈에도 그리운

네 피와 살과 뼈와 만나서

지지지 온 땅이 으스러지는

필생의 사랑을 하고 말 텐데

문정희, 〈알몸 노래-나의 육체의 꿈〉

자연의 지혜로 건강을 되찾자

나는 글을 쓸 때면 옆에 녹차와 뜨거운 물을 준비해 놓고 계속 차를 마시면서 일한다. 녹차의 맑은 향이 머리를 개운하게 해주며, 따뜻한 차가 지친 기운을 북돋워준다. 녹차에는 피토 호르몬과 비타민도 많이 들어 있다니 한 번에 여러 가지 유익을 누리는 셈이다. 녹차는 지리산에서 차밭을 하는 소박한 친구가 보내준다. 새봄에 갓 나온 새순을 따서 만든 세작이라는 차의 이름은 물에 풀리면 새의 혓바닥 모양을 하고 있다고 해서 붙여진 것이다. 나는 차를 마실 때마다 운무가 허리를 휘감고 있는 지리산의 웅대한 자태를 생각한다. 그 기슭에서 자란 차에는 지리산의 정기가 살아 숨쉬고 있을 것이다. 녹차 덕분에 도심 한복판에 앉아 그 정기를 함께 마시는 행복을 맛보는 것이다.

자연의 모든 생물은 태어나고, 성장하고, 시간이 지나면 스러져 다시 자연으로 돌아간다. 자연의 한 구성원인 우리 인간도 마찬가 지이다. 자연을 떠나서는 한순간도 살아갈 수가 없다. 자연 속에서 지혜를 배우고 자연과 더불어 살아가는 것이 건강을 유지하는 비결 이다.

우리가 약품이라는 문명의 이기를 누리기 수천 년 전부터 여성 들은 모성애라는 직관을 발휘해서 자신과 가족의 건강을 지켜왔 다. 내면의 지혜를 이용해 자연에서 자라는 각종 식물을 약으로 선 택했던 것이다. 향기로운 카모마일 차는 마음을 차분히 가라앉혀 주고, 생강은 구역질이나 위병을 낫게 해주었으며, 디기탈리스 잎은 심장병에 특효약이었다.

특히 놀라운 사실은 수천 킬로미터나 떨어져 있는 서로 다른 지 역에서도 같은 증상에 같은 약초를 사용했다는 것이다. 중국 여성 이나 지구 반대편에 사는 아메리카 원주민 여성 모두 폐경기 증후 군을 치료하는 데 당귀(안젤리카)라는 식물을 사용했다.

오늘날 이 같은 조상들의 직관적인 지혜는 과학적인 연구를 통해 그 효능이 확인되고 있다. 식물에는 폐경기를 비롯해 여성의 전 생 애에 걸쳐 도움이 되는 필수 지방산이나, 피토에스트로겐 같은 호 르몬 성분들이 풍부하게 들어 있다. 또 비타민이나 무기질처럼 우리 몸에 꼭 필요한 미량 영양소의 보고이기도 하다.

올해 일흔다섯인 우리 친정 엄마는 식물 학자보다 약초 이름을 더 많이 꿰고 있다. 그리고 자식들이 병이 나거나 몸이 허해 보이면 이름도 들어보지 못한 약초를 구해서 달여 먹였다. 어려서부터 약초나 약용 동물(예컨대 배에 王 자가 씌어 있는 자라 등)에 익숙해진 우리 형제들은 아픈 곳이 생기면 약국이나 병원에 가기보다 엄마에게 전화를 걸었다. "감기에 걸렸으면 생강차를 달여 꿀을 듬뿍 넣어 뜨겁게 자주 마시렴." 신기하게도 웬만한 증상은 엄마의 처방이 잘 맞아떨어진다. 나도 덕분에 양약에 대해 거부 반응이 있어 여간해서는 약을 사먹지 않는다. 그리고 씁쓸하고 싱그러운 약초의 맛에 길들여져 있어 합성 약품 냄새가 나는 약을 몸 안으로 넘긴다는 게 영 내키지 않는다. 어떤 때는 약초 달이는 냄새만 맡아도 머리가 개운해지는 기분이 든다.

한의학에 의하면, 나이를 먹을수록 우리 몸은 음(생기의 흐름)이 점점 줄어들고 양(에너지와 열)이 우세해져서 기(삶을 주관하는 에너지)가 침체된다고 한다. 우리 몸에서 음과 양 그리고 기가 조화롭게 균형을 이루는 것은, 물이 담긴 주전자(음)를 불(양)에 올려놓고 끓이는 것과 같은 이치이다. 물이 끓으면서 나오는 수증기(기의 흐름)가 우리 몸을 돌면서 영양을 공급하고 몸을 따뜻하게 만든다.

생기 즉 음이 얼마나 고갈되느냐는 우리의 생활 방식이나 식생활, 유전자에 의해 좌우된다. 음이 고갈되면 주전자에 물이 없는 것과 같아서 아무리 불을 때도 우리 몸에 수분과 영양을 전달할 수증기가 생성되지 않는다. 따라서 남아도는 과다한 열이 온몸에 퍼져 홍조를 띄는 것을 비롯해 피부나 눈, 질 등을 건조하게 만들고 심장에서 신神을 빼앗아감으로써 불안감과 불면증을 초래한다. 또 기의 침체는 각종 통증을 불러일으키며 기분 변화나 우울증의 원인이 되기도 한다.

우리 몸의 음과 양을 조절해서 기의 균형을 유지하려면 무엇보다도 몸에 유익한 식품으로 원기와 정기를 강화하며, 감정을 억제하지 않고 자연스럽게 흐르도록 해야 한다. 폐경기에 접어든 여성은 무엇보다도 신선한 야채와 과일의 섭취를 늘리고 정제된 탄수화물을 적게 먹는 것이 중요하다.(정제된 탄수화물이란 도정을 많이 한 곡물이나 흰 밀가루로 만든 식품, 설탕이 많이 들어간 식품, 각종 인스턴트식품과 과자 종류 등을 가리킨다. 이러한 식품들은 혈당 지수 또한 높으므로 당뇨병 환자들은 물론 건강한 여성들도 섭취를 줄이는 것이 좋다.) 그리고 가능하면 식물을 통째로 먹거나, 뿌리나 줄기 등 한 부분의 전체를 섭취하는 것이 효과적이다. 특히 명심할 점은 어떤 식물이나 약초를 섭취할 때마다 항상 몸에 좋게 작용할 것이라는 믿음을 갖는 것이다. 믿음은 식물 안에 포함된 영양소보다 우리 몸의 건강에 더 큰 작용을 한다.

예전에는 누구보다 활기차고 에너지가 넘쳐 수퍼우먼이란 별명을 가졌던 나도 마흔 살을 넘기면서 점점 기운이 떨어지는 걸 느낀다. 친구들 모임에서도 어느새 어떤 호르몬제가 좋다거나, 어떤 회사 다이어트 약이 잘 듣는다거나, 뭘 먹으면 몸에 좋다는 얘기가 많이 오간다. 한 친구는 콩과 토마토만으로 연명하며 살 빼기 작전에 돌입한 지 여러 달이 넘는다. 신의 축복으로 40년 동안 공짜로 사용해온 몸에 돈과 노력을 투자할 시기가 된 모양이다. 문제는 어떤 투자를 하느냐는 것이다. 현대 약품이나 호르몬제가 인체에 효과적으로 작용하는 한 가지 성분으로 이루어진 데 반하여, 모든 식품과 약초는 서로 상승 작용을 하는 여러 성분을 동시에 함유하고 있다. 약품은 유익한 효능이 있는 반면 그만큼 부작용도 조심해야 하지만, 식품과 야채 속의 자연의 지혜는 우리 몸에 적절한 양이 작용하면서 서로 시너지 효과를 낸다.

폐경기를 맞은 여성들에게 특히 유익한 식품으로는 콩과 아마인 가루를 들 수 있다. 식물성 호르몬인 피토에스트로겐이 풍부한 이 식품들은 항암 효과는 물론이고 노화 방지, 심장과 뼈의 강화, 우울증 예방, 편두통 완화 등에 탁월한 효과가 있음이 입증되었다. 특히 콩에서 발견되는 이소플라본이라는 식물성 에스트로겐은 폐경기 여성들의 골밀도를 크게 증가시켜준다. 우리 고유 식품인 된장은 콩의 보고인 동시에 발효 식품이기 때문에 소화 흡수도 잘되는 우수한 영양식이다. 조상들의 지혜를 이어받아 된장을 많이 먹자. 콩나물이나 두부, 청국장, 두유 등도 콩의 영양을 섭취하기에 좋은 식품이다.

앞에서 얘기했던 콩과 토마토만 먹는 친구는 생리 때마다 통증이 심해 데굴데굴 구를 정도였는데 콩과 토마토를 먹으면서 통증이 감쪽같이 사라졌단다. 77사이즈 옷을 입어보는 게 소원이던 그 친구는 콩 다이어트 덕분에 소원을 이룬 것은 물론 건강도 크게 좋아졌다. 그 후 사람을 만날 때마다 콩을 먹으라고 부르짖는 바람에 우리는 그 친구에게 '콩 엄마'라는 별명을 지어주었다. 어떤 식품을 먹느냐는 물론 각자의 고유한 선택권이다. 그러나 나는 자신의 몸과 좋은 관계를 유지하려면 몸이 좋아하는 식품을 먹어주어야 한다고 생각한다.

몸에 좋은 식품뿐 아니라 약초도 폐경기에 우리 몸을 새롭게 태어나게 만든다. 중국에서 여성의 인삼으로 불리는 당귀를 비롯해 체이스트베리, 블랙 코호시, 감초, 은행 등은 의학적으로 효능이 널리 인정되었다. 당귀는 중국 여성들이 가장 많이 복용하는 약초다. 또 아메리카 원주민의 비방인 블랙 코호시(마의 일종)는 현대 의학에서도 호르몬 대체 요법으로 널리 사용되고 있다. 나도 오렌지 주스를 체이스트베리 주스로 바꾸면서 불면증이 사라졌다. 처음에는 반신반의하며 먹었는데 신기하게도 잠 못 이루는 밤이 없어진 것이다. 특히 한약은 개인의 신체, 영혼, 심리에 맞게 조제하는 전인적全人的인 치료법이므로 부작용이 전혀 없으며, 신체뿐 아니라 영혼에도 작용하는 효과가 있다.

식품과 약초 외에 자연의 지혜를 체험할 수 있는 또 하나의 방법은 침술이다. 침술은 경락으로 알려진 우리 몸의 에너지 통로에 기가 잘 흐르도록 하는 것이다. 현대 의학은 해부학적으로 증명되지 않았다는 이유로 오랜 세월 동안 경락의 존재를 인정하지 않았다. 그러나 프랑스 과학자들은 경락이 실제로 존재한다는 사실을 실험을 통해 확인했다. 그들은 방사성 동위 원소를 인체의 특정 지점에 주입하여 그 이동 경로를 추적했는데, 한 번은 우리 몸의 침자리(취혈점)에 주입했고, 또 한 번은 무작위로 정한 자리에 주입했다. 그 결과 진짜 침자리에 주입했던 동위 원소의 이동 경로는 일정한 궤적을 나타내며 경락의 흐름과 일치하는 것으로 드러났다. 침술의 효과는 미국에서 임상 실험을 통해서도 확실히 증명되었다.

내 몸을 잘 들여다보자. 우리 몸 안에서 자연을 다스리는 우주의 힘이 작용하고 있다. 그 에너지를 키우는 방법은 무엇일까? 자연의 기운을 담고 있는 식품은 그 자연의 일부인 우리의 몸과 마음을 보강해줄 것이다. 인스턴트식품이나 가공식품을 전혀 안 먹을 수는 없다. 그러나 늘 관심을 가지고 원하는 것을 충족해주려고 노력하면 우리 몸은 지혜로 보답하지만, 외면하고 소홀히 대하면 질병이라는 다른 방법으로 관심을 촉구한다. 어떤 관계로 이끌어갈 것이냐는 우리 자신에게 달려 있다.

생기를 불어넣는 운동

우리 집 근처에는 율동공원이라는 커다란 호수 공원이 있다. 둘레가 1.3킬로미터인 이 호수를 나는 한동네에 사는 친구와 매일 밤마다 두 바퀴씩 돈다. 좀 빠른 걸음으로 40분 정도 걸리는 거리이다. 그러고 나서 20분 동안은 스트레칭을 한다. 워낙 게으른 내 능력으로는 일주일에 한 번도 제대로 못하겠지만 부지런한 친구 덕분에 일주일 내내 거의 운동을 거르지 않는다. 비 오는 날은 물안개 피어오르는 밤 호숫가를 거니는 낭만도 즐길 수 있다. 운동을 하면서 우리는 하루 동안 일어났던 좋은 일, 속상했던 일들을 시시콜콜 털어놓는다. 실컷 남편 욕을 하기도 하고, 아이들 대문에 속상했던 감정을 바람에 날려 보내기도 한다. 고민거리를 서로 의논하거나 때로는 필요한 도움을 요청하기도 한다. 정신적, 육체적으로 스트레스 해소를 확실히 하는 셈이다.

중년 여성 특히 폐경을 앞둔 여성들에게 가장 필요한 일 두 가지를 꼽으라면 운동과 식이요법이다. 그동안 운동에 관심이 없고 소홀했던 여성이라도 이제는 운동을 시작해야 할 때다. 육체 은행의 잔고가 바닥나서 예금을 해야 꺼내 쓸 수 있는 나이가 된 것이다.

다행히도 우리나라 중년 여성들의 35.4퍼센트는 건강이나 외모 관리를 위해 어떤 식으로든 운동을 하고 있는 것으로 밝혀졌다. 중년 여성들이 주로 하는 운동은 걷기나 수영, 등산, 에어로빅, 골프 등으로 나타났다. 조깅도 몸에 좋은 운동이긴 하지만 중년에 시작하면 관절에 무리가 갈 수도 있으므로 피하는 것이 좋다. 요즘에는 여성 전용 헬스클럽이나 피트니스 센터도 많이 생기고 있다.

운동으로 얻는 것은 튼튼한 육체만이 아니다. 근육이 강해질수록 내면도 활기차고 대담해진다는 사실이 한 연구 결과 증명되었다. 폐경기를 앞둔 여성에게 근력 운동(웨이트 트레이닝)을 시킨 결과 몇 주가 지나자 이전보다 즐겁고 활기차고 자신감에 넘치는 모습으로 변했다. 근육이 강해질수록 내면의 활기도 왕성해진다는 말이다.

운동의 효과가 가장 두드러지는 부위는 뼈다. 골다공증에 걸리는 가장 주된 요인은 운동 부족이다. 뼈가 약해지는 것은 노화 때문이 아니란 사실을 명심하자. 운동을 하지 않고 근육을 사용하지 않는 것이 원인이다. 몸의 주요 근육들은 힘줄로 뼈에 연결되어 있다. 따라서 근육이 수축할 때마다 관계된 뼈에도 긴장이 가해진다. 테니스 선수는 라켓을 드는 팔이 다른 팔보다 골밀도가 현저하게 높다고 한다. 근육을 강화하는 운동은 뼈도 튼튼하게 만드는 것이다.

근력 운동이 뼈의 손실을 방지한다는 것에 대한 괄목할 만한 연구가 있다. 이 연구에서는 폐경기가 지난 여성들을 두 그룹으로 분리하고 양쪽 모두 에스트로겐이나 뼈에 도움이 되는 보충제를 전혀 공급하지 않았다. 그리고 한 그룹에게는 점차 운동 프로그램을 제공하고 다른 그룹은 전혀 운동을 시키지 않았다.

일 년이 지나자 일주일에 두 번 40분씩 근력 운동을 한 여성들은 여러 면에서 큰 차이를 보였다. 근력 테스트에서 그들은 30대 후반이나 40대 초반의 수치를 기록했다. 그리고 다이어트를 하지 않았는데도 군살이 빠져 몸매가 날씬해졌다. 지방이 부피가 작은 근육으로 대치되어 적절한 균형이 이루어졌기 때문이다. 무엇보다도 큰 성과는, 운동을 하지 않는 그룹은 일 년 동안 2퍼센트의 골밀도 손실이 있었던 데 반해 운동을 한 여성들은 오히려 골밀도가 1퍼센트 증가했다는 사실이다.

나이가 몇 살이든 건강 상태가 어떻든지 운동은 체력을 향상시키고 삶에 활력을 제공해준다. 한 요양소에서 평균 연령이 87세인 노인들을 상대로 일주일에 세 번 하루에 45분씩 고관절과 무릎을 강화하는 운동을 시킨 결과, 10주가 지나자 근력이 100퍼센트 이상 증가되었다. 요양소에서 치료를 받던 80대 노인들에게도 이런 놀라운 결과가 나타났는데 50세의 건강한 여성에게는 어떤 결과가 나오겠는가.

지금 중년인 여성의 평균 수명은 앞으로 약 85세가 될 것이다. 중년이면 아직 근육과 뼈가 건재하며 건강한 앞날이 보장되어야 할 나이다. 어떤 약품이나 혁신적 기술, 유전학도 우리에게 건강을 가져다줄 수는 없다. 규칙적인 운동을 하는 여성은 그렇지 않은 여성보다 수명이 6년 길다는 통계가 나와 있다. 바쁘다는 핑계로 운동을 미룬다면 그만큼 수명이 단축되는 것이다.

그러나 내가 아는 여성들은 대부분 운동할 시간이 없을 만큼 바쁘거나 운동에 관심이 없다.

"매일 살림하느라고 종종걸음 치는 것만 해도 충분한 운동이 되지 않겠니?"

"안 그래도 기운 없고 힘들어 죽겠는데 더 힘을 빼란 말이야!"

"할 일이 산더미처럼 쌓여 있는데 팔자 좋게 운동할 시간이 어디 있담."

운동을 권했을 때 나오는 말들이다. 그러나 할 일이 없어지려면 무덤 속에 들어가야 한다. 운동도 이를 닦거나 샤워를 하는 것처럼 일상의 일부로 생각하지 않으면 영원히 시작할 수 없다. 운동을 하려면 우선 마음가짐부터 바꿔야 한다. 어떤 핑계도 생명보다 소중할 수는 없다.

늘 병약해서 학교 다닐 때도 결석을 밥 먹듯 하던 죽마고우가 있다. 보기에도 바람이 불면 날아가게 생긴 그 친구는 집안 살림이나 아이 키우는 일에도 체력이 딸려 늘 다른 사람의 도움을 받아야 했다.

"넌 매일 그렇게 골골하면서도 어떻게 아기는 만들었니?"

입이 걸쭉한 친구가 이렇게 놀리곤 할 정도였다.

중년에 접어들면서 아니나 다를까. 그 친구는 걸핏하면 병원 신세를 졌고, 아예 주사 놓는 아줌마 전화번호를 적어 놓고 한 달에 한 번 정도 영양제를 맞았다.

보다 못한 남편이 실내 골프장에 아내를 데리고 다니기 시작했다. 처음에는 앉아서 구경만 하던 친구는 남들이 재밌게 치는 모습에 끌려 골프채를 잡기 시작했다. 연습을 하면 10분도 못 되어 지치던 친구는 시간이 흐르자 골프에 재미를 붙이기 시작했다. 남편을 따라 주말에만 나가던 실내 연습장도 시간이 나는 대로 혼자 다녔다. 그렇게 6개월이 지나자 2시간을 거뜬히 연습할 수 있을 정도로 체력이 강해졌다. 신기하게도 여기저기 이유 없이 아프던 증상도 감쪽같이 사라졌다. 아내가 재미를 붙이자 남편은 어느 날 필드에도 데리고 나갔다. 건강해진 친구는 놀랍게도 9홀을 거뜬히 돌았다. 구력 6년째로 접어든 그 친구의 검게 그을린 얼굴에서 예전의 병약하던 모습은 찾아볼 수 없다.

하루 최소한 30분 이상 일주일에 4, 5일은 운동을 하자. 그냥 걷는 것만으로도 충분하다. 운동은 인슐린과 혈당 수치를 낮추고 몸매를 날씬하게 해주는 보너스까지 안겨준다. 우리 몸의 근육에는 모두 인슐린 수용체가 있다. 따라서 근육이 커지거나 근육에서 열이 생성될수록 탄수화물과 체지방이 잘 연소된다. 중년 여성들에게 근육을 키우는 운동이 반드시 필요한 것도 이 때문이다.

그러나 지나친 운동은 오히려 해가 된다. 단순히 체중을 줄일 목적으로 무리하게 운동을 하면 몸의 산화가 촉진되어 건강을 해친다. 운동은 즐거운 마음으로 하는 것이 중요하다. 몸에 가장 좋은 약은 기쁨과 즐거움이다. 그리고 하기 싫으면 중단해야 한다. 운동도 음식과 마찬가지로 넘치면 모자란 것만 못하다.

규칙적인 운동은 유방암 가능성도 낮춘다. 일주일에 4번 한 시간씩 운동을 하는 여성은 유방암 발병률이 30퍼센트 감소되는 것으로 밝혀졌다. 운동은 또 에스트로겐의 분비를 촉진하므로 심장 혈관에도 유익하다. 규칙적으로 운동할 경우 심장병, 고혈압, 뇌졸중의 위험률을 낮출 수 있다. 한 연구 결과에 의하면 운동을 하지 않는 사람은 운동을 하는 사람에 비해 고혈압에 걸릴 확률이 35퍼센트나 증가하는 것으로 나타났다. 심장 근육의 막힌 혈관들이 회복됨으로써 혈액의 흐름이 원활해지기 때문이다. 운동은 또 우울증이나 관절염 치료에도 효과가 있다는 사실이 과학적으로 증명되었다. 이쯤 되면 만병통치약 수준이 아닐까?

운동은 우리에게 활력과 힘과 매력을 되돌려줌으로써 세월을 거슬러 올라가게 해준다. 기분이 우울하고 삶이 힘들어질 때 구들장 지고 누워 끙끙 속 끓이지 말고 햇볕과 맑은 공기가 있는 밖으로 나가자. 동네라도 한 바퀴 휘 돌고 나면 기분이 한결 홀가분해질 것이다. 초록빛으로 반짝이는 나뭇잎을 감상하며 슬슬 걸어서 장을 보러 가도 좋다. 돈 들이고 거창하게 하는 것만이 운동이 아니다. 집에 혼자 있을 때 좋아하는 음악을 크게 틀어놓고 몸을 흔드는 것도 좋은 운동이다. 낮은 층 아파트에 살고 있다면 엘리베이터를 타지 않고 계단으로 오르내리는 방법도 있다. 집안에서 간단히 팔굽혀 펴기나 앉았다 일어서기를 되풀이해도 좋다. 매일 틈나는 대로 힘을 키울 수 있는 간단한 방법을 소개한다. 전화를 받는 중이나 자투리 시간을 이용해서 실천하면 몸을 튼튼히 하는 데 많은 도움이 될 것이다.

발가락으로 서기 벽을 마주 보고 30센티미터 정도 떨어져서 다리를 어깨 넓이로 벌리고 손가락으로 벽을 가볍게 짚는다. 그리고 가능한 한 높이 발뒤꿈치를 든다. 셋까지 센 다음 천천히 내리는 동작을 8번 되풀이한다.

발뒤꿈치로 서기 벽을 마주 보고 손으로 벽을 짚은 다음 천천히 발가락을 들어 발뒤꿈치로 선다. 셋까지 센 다음 천천히 내리고 심호흡을 한다. 이 동작도 8회 되풀이 한다.

벽 짚고 팔굽혀펴기   윗몸을 강화하는 데 팔굽혀펴기보다 더 좋은 운동은 없다. 벽을 짚고 팔굽혀펴기를 하면 바닥에서보다 쉽게 시작할 수 있다. 벽에서 1미터 떨어져 서서 손바닥을 벽에 대고 팔을 굽힌 다음 벽을 밀어 일어난다. 등과 머리가 다리와 일직선이 되게 하는 것이 중요하다. 8회씩 세 차례 되풀이한다.

좀 수월해지면 이번에는 바닥에 무릎을 대고 팔굽혀펴기를 해보자. 8회씩 두 차례 반복할 수 있을 정도로 힘이 붙으면, 이제 진짜 팔굽혀펴기에 도전해보자. 남편과 아이들도 깜짝 놀랄 것이다.

아령 들기   좋아하는 드라마나 코미디 프로를 보면서 아령을 위로 들어올리거나 팔을 굽혔다 폈다 한다. 충분히 익숙해지기 전에는 무게를 늘리지 않는다. 무리한 무게는 오히려 역효과를 초래한다. 아령은 늘 손이 쉽게 닿을 수 있는 곳에 두자.

운동은 몸의 건강은 물론 마음의 건강까지 보장해준다. 매일 나를 위해 한 시간씩 투자하는 관심과 사랑을 보인다면 투자한 것 몇 배의 보상을 되돌려 받을 것이다.

주름살을 사랑하는 마음

중년에 접어들면서 내가 가장 속상했던 일은 피부가 급격히 나빠지는 것이었다. 나는 30대 중반까지 화장을 하지 않아도 될 만큼 피부가 맑고 깨끗했다. 탄력 있는 피부와 아이 둘을 낳았어도 크게 망가지지 않은 몸매 덕에 운이 좋으면 아가씨 소리까지 들을 정도였다. 그런데 30대 후반이 되면서 피부의 탄력이 급격히 떨어지고 주름살이 늘어나기 시작했다. 특별히 피부 관리를 하지 않아도 자신만만하던 외모에 비상이 걸리기 시작했다. 늘어진 피부와 자글자글한 주름살은 영락없는 중년 아줌마였다.

나뿐 아니라 모든 중년 여성들이 나이를 먹으면서 가장 속상해하는 변화는 얼굴이 늙는 일이다. 탄력이 떨어지고, 눈가와 입 주위에 주름살이 잡히며, 잡티와 기미가 서서히 눈에 띄기 시작한다. 언제부터인가 거울 보는 일이 겁나고 자꾸 두꺼운 화장으로 가리고 싶어진다. 상큼하고 반짝이는 피부를 가졌다는 것만으로도 젊음은 얼마나 아름다운가! 나도 이제 세월의 그림자가 얼굴에 고스란히 투영되는 나이가 된 것이다.

사춘기와 중년기는 급격한 변화를 겪으면서 개성을 재창조하는 시기이다. 사춘기가 젊음을 향한 시발점이라면 중년기는 내면의 지혜를 탐구하는 출발점이다. 내면으로 눈을 돌리게 만드는 가장 큰 계기는 피부 노화다. 더 이상 외모의 아름다움으로 빛을 발할 수 없는 것이다. 피부는 우리에게 꽃이 떨어지고 열매를 맺을 시기가 되었음을 알린다. 아무리 부지런히 손질하고 가꾸어도 나이를 피해갈 수는 없다. 중년의 아름다움을 유지하려면 얼굴에 주름살이 늘어가는 만큼 내면에 지혜가 쌓이도록 노력하는 길밖에 없다. 중년의 아름다움은 외모보다 내면의 아름다움이다. 얼마나 감사한 자연의 섭리인가. 우리가 언제까지나 외모의 아름다움을 간직하고 있다면 지혜로 여물어가는 과정을 겪지 못할 것이다.

피부는 엄마와 아기가 처음 접촉하는 부위이며 전 생애에 걸쳐 자신과 다른 사람 사이의 거리감을 나타내는 지표다. 마음속에 상대방에 대한 사랑이 강할수록 더욱 스킨십을 원한다. 피부를 통해 교감을 나누고 싶어 하는 것이다. 또 피부 질환은 다른 사람과의 관계에서 자신의 정체성이나 건전한 한계를 원하는 욕구의 표현이라는 연구 결과가 발표된 바 있다. 나도 이 의견에 전적으로 동감한다. 불과 넉 달 전에 몸소 체험했기 때문이다.

올봄에 나는 아들이 공부하러 가 있는 캐나다로 향했다. 아들은 친구 둘과 함께 아파트를 얻어 지내고 있었는데 친구들이 귀국하게 되자 혼자 독립해야 했다. 가서 살 집과 필요한 물건들을 구해주고 당분간 함께 지내려고 장기 체류할 생각으로 갔다. 마치 아들과 새살림을 차리는 기분이었다. 그동안 사춘기를 거치던 아들과 나누지 못했던 모자간의 정을 마음껏 나눌 수 있는 시간이었다. 아들은 조립식 가구를 사서 열심히 조립하고 자질구레한 힘든 일을 자상하게 해냈다. 난 캐나다의 싱그러운 공기와 풍성한 자연, 아들과의 오붓한 생활에 마냥 행복했다.

그러나 이런 행복도 잠시, 아들과 조금씩 갈등이 생기기 시작했다. 둘 다 개성이 강한 탓에 우리는 가능하면 서로의 생활을 간섭하지 않으려고 노력했다. 그런데 처음 간 캐나다 생활에 익숙하지 못했던 나는 자꾸 아들에게 많은 부분을 기댈 수밖에 없었다. 자신도 체류 기간이 일 년 남짓인 탓에 여러 가지로 부담이 많았던 아들은 이런 내가 힘겨웠던 모양이다. 잘해주려고 노력하면서도 조금씩 짜증 섞인 반응을 보이기 시작했다. 난 그런 아들이 섭섭했다.

그렇게 두 달쯤 지나자 서로 함께 지내는 것이 점점 불편해졌다. 난 아들과 함께 있고 싶기도 하고 집으로 돌아오고 싶기도 했다. 심각한 문제가 있었던 건 아니지만 아들은 더 이상 내 보살핌이 필요 없는 것 같았다. 이제 성인이 되어 독립할 나이가 된 아들을 난 아직도 세심하게 돌봐주고 싶어 했다. 자신의 길을 개척하기 바쁜 아들에게 엄마를 좋아하고 따르던 예전의 아들로 남아주길 바랐다. 이런 바람이 자꾸 거부당하자 내 마음은 조금씩 상처를 입기 시작했다.

이런 마음의 상처는 결국 알레르기라는 모습을 띠고 겉으로 드러났다. 원래 알레르기가 심한 체질인데다 환경이 바뀐 탓도 있었지만 이렇게까지 심한 적은 없었다. 처음에는 얼굴과 가슴 주위만 벌게지던 증상이 점점 크게 번져나갔다. 며칠이 지나자 온몸에 염증이 생기고 퉁퉁 부으며 진물이 났다. 나는 겁이 덜컥 났다. 의사는 기도가 부어 호흡이 곤란해질 수도 있다고 경고했다.

말도 잘 안 통하는 낯선 곳에서 아프고 싶지 않았다. 집으로 돌아오기로 결정한 나는 산소 호흡기를 끼고 13시간의 비행을 간신히 견디면서 힘들게 귀국했다. 그리고 곧바로 병원에 입원해 일주일간 치료를 받은 후에야 퇴원할 수 있었다.

치료가 끝나자 온몸은 뱀이 허물을 벗듯 껍질이 우수수 떨어져나갔다. 새로 태어나는 기분이었다. 보드랍고 연한 새살이

나왔고 기분까지 맑고 상쾌했다. 그야말로 번데기 껍질을 벗고 나비가 되어 날아오르는 기분이었다. 몸에서 떨어져나간 것은 벗겨진 껍질만이 아니었다. 나는 마음속에 끈끈하게 들러붙어 있던 아들에 대한 집착도 허물과 함께 버리기로 마음먹었다. 언젠가는 제 삶을 찾아 내 곁을 떠나갈 아이였다. 그렇게 난 온몸으로 아들을 떠나보냈다.

피부는 외부에서 일어나는 일에 민감할 뿐만 아니라 감정이나 영양 상태 같은 내부 요인에도 지대한 영향을 받는다. 피부 상태는 우리가 얼마나 조화로운 삶을 영위하며 얼마나 유익한 환경에 있는지를 나타내는 지표다. 불안정하거나 잘 맞지 않는 환경에 있을 경우 자신이 의식하기 전에 피부가 먼저 반응을 보이는 걸 경험한 적이 있을 것이다. 피부과에서 환자들을 치료할 때 감정 치료를 병행해야 좋은 결과를 얻는 것도 이런 이유 때문이다.

　피부염이나 두드러기는 정신적, 신체적 요인이 복합적으로 작용하는 대표적인 증상이며, 탈모나 습진 등도 정신적 변화와 무관하지 않다. 좋은 인상을 주어야 할 중요한 모임을 앞두고 여드름이 더 커지거나, 데이트 전에 입 안에 물집이 생기거나, 새 직장에 출근하거나 낯선 도시로 이사했을 때 알레르기가 생기는 증상은 누구나 한 번쯤 경험했을 것이다. 우리의 삶은 빠르거나 늦는 차이가 있을 뿐 피부에 모두 나타나기 마련이다.

피부 노화의 생리적 원인은 여러 가지가 있다. 나이를 먹으면 콜라겐 층이 얇아지고 피지샘에서 분비되는 유분이 감소해 피부가 건조해진다. 또 50세가 지나면 피부의 회복 능력이 현저하게 떨어진다. 피부 표면에 있는 죽은 세포가 새 세포로 교체되는 과정이 예전처럼 신속하게 진행되지 않기 때문이다.

이 밖에 피부에 치명적인 손상을 주는 것은 자외선과 높은 온도다. 얼마 전 TV에서 30대의 피부를 유지하고 있는 50대 여성을 소개한 적이 있다. 그 비결은 햇볕에 노출되지 않고 냉장고에 들어가 잠을 자는 것이었다. 젊음을 잃지 않기 위한 여성들의 노력은 가히 불가사의에 가깝다.

자외선은 피부의 탄력성과 유연성을 떨어뜨린다. 연구 결과에 따르면 비타민 C나 비타민 A, E 같은 항산화제는 자외선에 손상된 피부를 회복시키고 손상을 예방하는 효과가 있는 것으로 확인되었다. 안타깝게도 많은 여성들이 10대, 20대, 30대에 피부가 햇볕에 그을리면 이미 손상된다는 걸 알지 못한다. 나이를 먹어 피부를 회복하려면 매우 힘들다. 중년에 탄력 있는 피부를 갖기 위해서는 젊어서부터 힘써 가꾸고 다듬어야 한다.

우리 언니는 30대부터 일주일에 한 번씩 전문가에게 피부 관리를 받아왔다. 거창한 게 아니라 피부 관리사가 집으로 와서 1시간씩 피부 관리를 해주는 것이었다. 돈도 많이 들지 않았다. 그렇게 20년 넘게 피부를 아끼고 다듬어 온 언니는 나보다 일곱 살이나 위인데도 더 젊어 보인다. 신경 쓰지 않고 방치한 나보다 사랑과 애정으로 보살펴 온 언니의 피부가 더 탄력 있고 싱싱한 건 공평한 일이다.

우리 몸에는 선천적으로 노화에 대한 자동 방어 시스템이 설치되어 있다. 그런데도 왜 노화 현상이 일어나는 것일까? 그 이유는 균형이 깨지기 때문이다.

우리 몸의 노화를 촉진하는 것은 유리기 손상이다. 유리기란 전자 하나를 잃어 매우 불안정한 형태가 된 분자를 말한다. 이 분자들은 부족한 전자를 채우기 위해 우리 몸의 다른 분자들을 공격한다. 유리기 손상은 심장 질환이나 치매, 백내장, 검버섯, 주름살 같은 노화의 주요인이며 암의 근본적인 원인이기도 하다.

이런 유리기 손상을 막아주는 것이 항산화제다. 우리 몸은 생물학적으로 이러한 항산화 물질을 끊임없이 만들어내도록 프로그램화되어 있다. 항산화제가 특히 풍부하게 함유되어 있는 식품은 신선하고 색이 진한 과일이나 야채다.

이와 같이 우리는 항산화 물질을 우리 몸 안에서 생성하거나 또 음식을 통해 보충하기도 하지만 공기 오염, 자외선, 유해 물질이 많은 식생활, 스트레스 등으로 인해 이 자동 방어 시스템이 손상되어 노화가 발생하는 것이다. 이 손상을 최소화하려면 항산화제를 충분히 섭취하고, 환경 오염을 피하며, 마음의 평정을 유지해야 한다는 것이 전문가들의 조언이다. 지극히 간단하고 평범한 방법이지만 이것이 바로 피부나 우리 몸의 장수 비결이다.

피부는 '제3의 신장'이라는 말이 있다. 신장과 마찬가지로 우리 몸의 노폐물을 처리해주기 때문이다. 피부에 트러블이 생기는 것은 건강이 나쁘다는 적신호이자 삶이 궤도를 이탈하고 있다는 경고다. 육체적, 정신적 노폐물을 배설하지 않고 몸 안에 쌓아두고 있는 것이다. 좋은 피부는 외부에서 비롯되는 게 아니다. 피부는 외부와 내부 건강을 비추는 거울이다. 신경을 곤두세웠거나 속상한 일이 있고 나서 얼굴이 꺼칠해지거나 뭐가 돋아난 경험은 누구나 있을 것이다. 피부에 트러블이 생기면 우선 자신의 감정을 되돌아보자.

피부 관리를 위해서는 하루에 최소한 다섯 번 정도 과일이나 야채를 섭취하는 것이 좋다. 혈당량을 금방 높이는 정제된 탄수화물의 섭취를 줄이고, 섬유질과 특히 물을 많이 섭취하는 것이 중요하다. 앞서 소개했던 '콩 엄마' 친구는 콩을 많이 섭취한 후로 피부가 매끄러워지고, 머리숱이 많아지고, 손톱에 윤기가 생겼다고 자랑했다. 나는 오이를 얇게 썰어서 붙이기를 좋아한다. 신신한 오이 냄새가 머리를 맑게 해줄 뿐 아니라, 오이는 피부를 하얗고 매끄럽게 하는 데 도움을 주기 때문이다. 녹차 티백을 적셔서 눈에 붙이면 처진 눈꺼풀을 수축시키고, 요구르트를 얼굴에 바르면 영양분 공급에 그만이다. 냉장고에 있는 먹다 남은 과일을 갈아서 밀가루에 섞어 얼굴에 발라도 훌륭한 과일팩이 된다.

그러나 멋진 중년 여성이 되려면 피부가 노화되고 몸매가 변하는 것에 개의치 않고 자신의 삶을 즐겁고 충만하게 살려는 용기가 필요하다. 주름살이 늘고 피부가 늘어지는 중년에도 새로운 사랑과 행복을 찾는 여성들이 많다는 사실을 잊지 말자. 이제부터 우리가 가꾸고 다듬어야 할 것은 피부와 몸매가 아니라 내면의 아름다움이다. 아름다운 영혼이 들어 있는 육체는 아름다운 빛을 발한다. 나이를 먹어도 매력을 잃지 않는 여성들을 보라. 주름살이 없고 몸매가 늘씬해서 아름다운 게 아니다. 중년 여성의 아름다움은 안에서 우러나는 분위기로 좌우된다. 그 아름다움은 젊음의 아름다움처럼 주어지는 게 아니라 자신의 피나는 노력으로 만들어가는 진정한 아름다움이다.

젊어지려는 필사적인 노력에도 불구하고 좀 늦거나 이르다는 차이가 있을 뿐 얼굴과 몸에 생기는 세월의 흔적을 피할 수 없다. 다행히도 중년이 되면 20대의 젊은 시절에 비해 자신의 모습을 있는 그대로 받아들이는 지혜를 터득하게 된다. 젊은 시절에는 체중을 몇 킬로그램 줄이거나 코를 조금만 높여도 삶이 크게 달라질 것이라고 믿지만 폐경기의 시련을 거치다 보면 자만심을 버리게 된다. 우리는 다리의 각선미가 완벽하지 않아도 건강하게 걸을 수 있다는 데 감사할 줄 알며, 눈가에 주름살이 지더라도 웃을 수 있는 일에 마음껏 웃는 지혜를 갖게 된다. 얼마나 감사할 일인가!

경제적 힘을 갖추자

나이 드신 분들은 늙을수록 수중에 돈이 있어야 한다는 말을 자주
한다. 젊음은 그 자체만으로 커다란 재산이며 무한한 가능성이 앞
에 펼쳐져 있다. 그러나 나이를 먹어가면서 점점 가능성은 줄어들
고 앞날이 불안해지기 시작한다. 든든한 힘이 되어줄 무언가가 필
요하다. 예전에는 자식을 잘 키워 놓으면 노후가 보장되었다. 그러
나 요즘에는 자식은 키우는 과정을 즐기는 것으로 충분하다는 사
고방식이 늘어가고 있다. 자식들도 부모를 부양해야 한다는 책임감
을 별로 느끼지 못한다. 중년의 이혼이 늘어가면서 남편을 믿고 사
는 것도 불안해졌다. 언제 어떤 일로 갈라서게 될지 모른다. 이제 중
년 여성들도 혼자서 살아갈 수 있는 경제적 능력을 갖춰야 할 시기

가 되었다.

　중년 여성은 여러 가지로 허전함을 느낀다. 그 요인이 무엇이든 간에 인생의 후반기를 자신이 원하는 대로 살고 싶다면, 경제적·감정적으로 확실하게 독립하려는 자세가 필요하다. 지금은 돈을 벌어다주는 남편이 있더라도 필요할 경우 언제든지 자립할 수 있어야 한다. 아무리 다른 능력을 갖추어도 경제적으로 독립하지 못한다면 남성과 동등한 결정권을 가진 독립된 개체로 존중받지 못한다. 쉽게 말해서 돈이 있어야 어깨에 힘이 들어가고 인정도 받는다는 말이다.

　여성들에게 경제 전문가가 되라는 말이 아니다. 그렇다고 지금 당장 나가서 돈을 벌라는 말도 아니다. 지금 경제적으로 안정이 되었건 아니건 앞으로 남은 반생을 위해 마음의 준비를 하라는 말이다. 자신이 원하는 삶을 살기 위해서 남편이나 자식의 도움을 받을 수 있다. 그러나 경제적으로 어느 정도 독립하지 않으면 결국 돈을 대주는 사람의 비위를 맞출 수밖에 없다. 몸이 아프면 어쩔 수 없다. 그러나 건강하다면 자신에게 맞는 일을 찾아보자.

　하고 싶던 공부를 계속해서 나중에 돈을 버는 일과 연결시킬 수도 있고, 숨겨진 재능을 개발해서 좋아하는 일을 하면서 돈도 버는 일석이조의 이익을 누릴 수도 있다. 아니면 시간제 아르바이트 일을 인터넷이나 구인 정보를 애용해서 구할 수도 있다. 일을 하며 여러 사람을 만나고 많은 경험을 하는 것도 중년의 한 기쁨이 될 수 있다. 중년의 나이면 아이들도 엄마 손이 크게 필요하지 않다. 주부라는 직업도 물론 소중하다. 그러나 진정한 나만의 일을 개발하고 발전시켜 성취감을 맛보는 기쁨은 용기 있는 자만이 누릴 수 있는 혜택이다.

돈의 역학 구조는 우리의 인간관계를 좌우하기도 한다. 친구들을 봐도 직업을 갖고 돈을 버는 경우는 집안에서 한결 힘이 있다. 속 모르는 소리 말라고 비난할지도 모르겠다. 누구는 일하고 싶지 않아서 안 하냐고 반문할 수도 있다. 이제까지 집안에서 살림만 하던 여성들은 감히 일을 시작할 용기를 내지 못하는 것뿐이다. 이제 우리 중년 여성들도 사고방식을 바꾸자. 경제적으로 어려움이 없더라도 스스로 돈을 벌어 쓰는 기쁨은 남다르다.

외국 여행을 가보면 미국이나 유럽 여성들은 나이를 먹어도 대부분 직업을 가지고 있다. 몇 해 전 시애틀을 방문했을 때 공항버스를 타고 호텔로 가는데 셔틀버스 운전기사가 60세 넘은 할머니였다. 할머니 기사는 온화한 미소를 잃지 않으며 가는 도중 시애틀의 관광지를 친절하게 안내해주었다. 자신보다 훨씬 젊은 이방인에게도 버스에서 내릴 때 얼른 먼저 내려 친절하게 발판을 대주고 무거운 짐도 직접 내렸다. 할머니는 일주일에 3번 하루에 5시간씩 버스 운전을 한다고 했다. 집안에 있는 것보다 건강에도 좋고 여러 사람들을 만날 수 있어 즐겁다는 설명도 곁들였다.

중년의 나이쯤 되면 많은 여성들이 딴 주머니를 차고 있다. 남편

몰래 조금씩 생활비를 절약해서 목돈을 만든 것이다. 액수가 얼마이건 딴 주머니가 있는 여성들은 그 사실만으로 무척 든든하고 행복해한다. 반면 남들처럼 딴 주머니를 만들지 못한 여성은 현재 생활이 쪼들리지 않아도 괜히 세월을 헛산 것 같고 상대적으로 남들보다 부족한 것 같은 허전함을 느낀다고 고백한다. 여성들의 비상금은 제법 액수가 큰 경우도 있고 자그마한 경우도 있다. 그러나 언제든지 내 마음대로 쓸 수 있는 돈이 있다는 사실이 그들을 든든하게 만든다. 돈은 그만큼 자신감을 안겨주는 요소다.

나는 페미니스트는 아니지만 우리 여성들에게 여성이기 이전에 한 인간이라는 사실을 잊지 말라고 주장하고 싶다. 남자는 돈을 벌어야 하고 여자는 집안에 있어야 한다는 생각 이전에, 인간이라면 누구나 어떤 방법으로든 타고난 재능을 개발할 권리가 있다. 집안일이 즐겁고 행복한 사람은 물론 집안일에 매달려도 좋다. 그러나 어려서는 부모의 보살핌, 결혼해서는 남편의 보살핌, 늙어서는 자식의 보살핌의 그늘에서 안주하려는 생각을 바꾸자는 말이다.

한국 여성들은 대부분 가정의 경제권을 갖고 있다. 요즘에는 주식이나 부동산에 투자하는 여성들도 크게 늘었다. 경제 전문 위성방송이나 투자 설명회 덕에 웬만한 경제 전문가에 뒤지지 않을 경제 지식을 갖고 있는 여성들도 많다. 매우 바람직한 현상이다. 직접 돈을 벌든 투자를 해서 이익을 남기든, 여성들이 경제에 눈을 뜰수록 가정에서 남편과 자식들에게 한층 더 대우를 받는 게 사실이다.

내 능력 밖의 일이라고 지레 겁먹지 말고 작은 일부터 도전해보자. 노후에 할 일 없이 집안에서 며느리 욕이나 하며 속을 끓이고 싶지 않다면 지금부터라도 자신만의 일을 찾아보자. 아직 늦지 않았다. 요즘에는 사회 교육원을 통해 저렴하게 원하는 강좌를 들을 수 있고, 찾아보면 지역 사회에서 주최하는 무료 강좌도 많이 있다. 그러니 뒤늦게나마 자신의 재능을 발견하는 기쁨을 누리자. 그리고 내 힘으로 돈을 벌어 주위 사람에게 베푸는 즐거움을 맛보자.

내가 보살핌을 제공하면 상대방은 나를 경제적으로 책임질 것이라는 사고방식에서 벗어나자. 남편이나 자식에게 투자해서 노후를 보장받는 시대는 지났다. 이제는 가장 확실한 투자인 자신에게 투자하자. 돈을 관리하는 기술이나 흥미가 없기 때문에 다른 사람의 도움 없이는 살아갈 수 없으며, 그 도움을 얻기 위해서 다른 사람을 보살피는 일에 헌신해야 한다는 사고방식을 버리자.

다행히도 이러한 상황은 점점 달라지고 있다. 여성들 특히 중년 여성들이 경제에 막대한 기여를 하는 새로운 시장으로 떠오르고 있다. 여성들도 돈을 벌고 관리하는 일에 점점 눈을 떠가고 있다. 한 조사에 따르면, 여성 투자 그룹은 장기 투자에서 남성들을 앞지르는 것으로 나타났다. 여성들은 단기 목표보다 장기적인 경제 목표에 더 관심이 많다. 그 이유는 여성이 평균 수명이 더 길며 노후에도 자녀들이나 부모의 보살핌을 받을 수 있다는 기대감 때문일 것이다.

경제에 밝은 여성이 되려면 우선 건강에 신경 쓰듯 돈에 대해서도 매일 관심을 가져야 한다. 돈은 에너지의 매우 구체적인 형태라고 할 수 있다. 가고 싶은 곳에 갈 수 있고 머물고 싶은 곳에 머물 수 있게 해주는 힘이 있다. 돈을 잘 관리하면 자유와 안정을 보장받을 수 있다. 사회적·경제적 지위가 향상될수록 건강이 좋아진다는 사실이 수많은 연구 결과를 통해 증명되고 있다. 자신의 힘과 능력에 대한 자부심이 에너지를 충만하게 만들기 때문일 것이다.

여성들이 경제적인 독립을 추구한다면 인간관계도 좀더 너그럽고 폭넓어질 것이다. 이제 우물 안 개구리에서 벗어나 넓은 세상에서 자신의 존재 가치를 마음껏 발휘해보자. 그런 용기와 지혜를 갖춘 중년은 그래서 좋은 것이다.

내 몸을 잘 들여다보자. 우리 몸 안에는
자연을 다스리는 우주의 힘이 작용하고 있다.
그 에너지를 키우는 방법은 무엇일까?

고요의 바다, 2001

체중 증가는 자연스러운 현상이다

중년 여성들의 커다란 고민 중 하나는 체중이 증가하는 것이다. 중년이 되면 전보다 많이 먹지도 않는데 체중이 늘기 시작한다. 이제까지 잘 지탱해오던 몸매도 망가진다. 살도 왜 하필 찌면 보기 싫은 부위부터 찌는지 모르겠다. 허리가 굵어지고 배와 옆구리와 어깨에 살이 붙어 늘어진다. 이처럼 중년에 체중이 증가하고 몸매가 망가지는 걸 방지하려면 무엇보다도 식생활을 바꿔 먹는 에너지의 질을 변화시키는 게 중요하다.

이런 변화가 나타나는 이유는 중년이 되면 신진대사율이 이전보다 10~15퍼센트 감소하기 때문이다. 이 말은 똑같은 양을 먹어도 예전보다 칼로리가 많이 남는다는 의미다. 또 에너지를 지방으로 바꾸는 능력이 증가하며, 에스트로겐 수치의 감소로 식욕까지 왕성해진다. 자연이 중년의 몸에 이런 장치를 해놓은 데는 두 가지 이유가 있다. 첫째, 나이를 먹으면서 적은 음식으로 몸을 지탱할 수 있게 하기 위해서이며 둘째, 난소가 예전처럼 왕성하게 생성하지 못하는 에스트로겐과 안드로겐을 체지방이 만들어내도록 보조 장치를 하기 위해서다.

그러나 이런 자연의 지혜를 고마워하기엔 중년 여성에게 체중 증가는 너무 큰 부담으로 작용한다. 나는 다행히도 아직 체중 문제로 고민할 정도로 살이 찌지는 않았다. 그러나 가뜩이나 넓은 어깨에 살이 붙어 더 우람해 보이며, 배가 나와 옷을 입어도 영 몸매가 살아나지를 않는다. 멋 부리기를 좋아하는 내겐 치명적인 일이다. 그래서 생각해낸 것이 풍덩한 옷차림으로 콘셉트를 바꾸는 것이었다. 몸매를 드러내기보다 가능하면 크고 넉넉한 옷 속으로 감추는 작업이 시작되었다. 이런 이미지 변신은 효과가 있어 다행히 사람들은 내 몸매가 얼마나 망가졌는지를 아직 잘 모르고 있다. 그러나 정작 나 자신은 갈수록 망가져가는 몸을 받아들이기 위해 안간힘을 썼다. 덕분에 이제는 늘어진 유방이나 튀어나온 배를 어루만지며 사랑할 수 있는 경지에 이르렀다.

나와 매일 함께 운동을 같이하는 친구는 그야말로 체중과의 전쟁을 끝도 없이 치르고 있다. 누가 어떤 다이어트 약을 먹고 살을 뺐다더라 하는 정보를 모아 부지런히 실천해보지만 큰 효과를 보지 못한다. 어떤 때는 감자와 토마토만으로 한 달 이상을 버티기도 한다. 그러나 워낙 먹는 걸 좋아하는 친구는 그러다 지치면 실컷 먹어 또다시 체중을 원 상태로 되돌려 놓는다. 요즘에는 많은 여성들이 효과를 보았다는 한약방에 다니면서 침을 맞고 한약도 먹고 있다. 한약이 효과가 있는지 눈에 띄게 살이 빠진 모습이 한결 보기 좋아졌다. 제발 그 상태를 그냥 유지해주길 바란다.

중년에 가장 먼저 살이 찌는 부위는 배 주위다. 복부 비만은 몸매를 망가뜨릴 뿐 아니라 건강의 적신호라고 할 수 있다. 이처럼 배가 나오는 이유는 복부의 지방 세포가 다른 부위에 비해 신진대사가 활발하기 때문이다. 더구나 중년의 몸은 지방을 유지하도록 프로그램화되어 있기 때문에 물이 고기를 만난 셈이다.

복부에 쌓인 지방은 안드로겐과 에스트로겐을 과다 생성한다. 따라서 이들 호르몬의 영향을 받는 심장 질환과 유방암, 자궁암, 당뇨병, 고혈압, 관절염을 비롯해 요실금, 뇌졸중, 담석증, 신장결석 같은 각종 중년 질병의 원인이 된다. 중년에는 뱃살을 빼는 것만으로도 이런 질병의 위험을 크게 낮출 수 있다.

뱃살의 위험 지수를 가장 빨리 파악할 수 있는 지표는 허리와 엉덩이의 비율이다. 엉덩이의 가장 불룩한 부분과 허리의 가장 잘록한 부분의 치수를 재서 허리 치수를 엉덩이 치수로 나눈다. 그 숫자가 0.8 이하면 건강한 편이며, 가장 이상적인 숫자는 0.74이다. 이 비율이 0.85 이상이면 위에 열거한 질병에 걸릴 위험이 있다.

체질량지수도 좋은 척도가 된다. 체질량지수는 체중을 신장의 제곱으로 나눈 것이다. 예컨대 키가 150cm, 몸무게가 60kg일 경우 체질량지수는 다음과 같다.

$$\text{체질량지수(BMI)} = \frac{\text{몸무게(kg)}}{\text{키}\times\text{키(m}^2\text{)}} = \frac{60\text{(kg)}}{1.5\times1.5\text{(m}^2\text{)}} = 26.666\cdots\cdots \fallingdotseq 26.67$$

체질량지수가 18 이하면 저체중이고, 19~24는 적정, 25~29는 과체중, 30 이상이면 비만이라고 할 수 있다. 이 경우는 26.67이므로 과체중에 해당된다. 체질량지수가 높으면 각종 질환에 걸릴 위험이 증가한다.

1999년 하버드 의과대학에서 실시한 연구에 따르면 체중이 10킬로그램 증가한 여성은 흡연 여성보다 신체적 기능과 활력이 훨씬 감소하는 것으로 밝혀졌다. 또 체중 증가는 이전의 체중이 얼마였느냐에 관계없이 몸의 통증을 증가시켰다. 반면 초과된 체중을 줄였을 경우 몸의 건강이나 활력이 다시 예전처럼 회복되었다. 이 말은 굳이 평균 체중에 도달하려고 애쓰지 않아도 된다는 뜻이다. 현재 체중에서 3~5킬로그램만 줄여도 건강이 크게 향상되고, 혈압이 낮아지며, 호르몬 균형이 회복되기 때문이다.

중년에 살이 찌는 가장 큰 원인은 스트레스다. 40대 이후 여성의 스트레스는 주로 환경적 요인에서 비롯된다. 해결되지 않은 어린 시절 마음의 상처, 이혼이나 빈둥지증후군 같은 인간관계의 변화, 직장에서의 스트레스, 만성적인 질병, 무분별한 다이어트, 폐경기 증후군 등이 스트레스 요인으로 작용한다. 다가오는 스트레스를 피할 길은 없다. 중요한 건 받아들이는 자세다. 자신의 상황을 긍정적으로 인정하고 극복하려는 자세가 필요하다. 공자님 말씀 같은 얘기라고 할지 모르지만, 중년 여성에게 아무리 강조해도 지나치지 않는 건 자신의 삶을 변화시키려는 의지와 용기를 갖는 일이다. 지원을 아끼지 않는 호르몬의 변화에도 불구하고 자신의 삶을 개척하지 못한다면 중년 이후의 건강은 보장할 수 없다.

반면 스트레스가 해결되면 체중이 준다. 한 친구는 결혼 20주년을 맞아 평생 처음 남편과 해외여행을 다녀왔다. 평소 시어머니를 모시고 사는데다 말이 없고 무뚝뚝한 경상도 사나이인 남편 사이에서 스트레스를 많이 받으며 살던 친구였다. 살이 많이 쪄서 늘 음식을 조절해야 했던 친구는 며칠 동안 얼마나 더 찌랴 싶어서 남편이 사주는 대로 맛있는 음식을 실컷 먹었다는 것이다. 그런데 집에 돌아와 보니 오히려 체중이 3킬로그램이나 줄었다는 게 아닌가! 스트레스에서 벗어난 홀가분한 마음이 체중 증가를 막았던 것이다.

중년 여성은 특히 늦은 오후 시간대의 식욕을 조심해야 한다. 스트레스에 대한 면역을 높여주는 호르몬 수치가 떨어져 감정이 예민해지기 쉬운 시간이기 때문이다. 우리 몸은 기분을 향상시키는 신경전달물질인 세로토닌이 고갈되면 그 수치를 정상으로 돌리기 위해 눈에 보이는 건 무엇이든 먹어치우려고 한다.

그렇다면 체중과의 전쟁에서 승리하려면 어떻게 해야 할까? 우선 식생활을 바꿔야 한다. 중년 여성의 다이어트는 다른 연령대 여성들의 다이어트와 차별화되어야 한다. 중년의 비만에는 호르몬이 크게 작용하므로 호르몬의 균형을 유지하는 쪽에 초점을 맞춰야 하는 것이다. 가장 중요한 것은 정제된 탄수화물의 섭취를 줄이고 신선한 과일과 야채를 충분히 섭취하는 것이다. 무조건 적게 먹는다고 살이 빠지는 게 아니다. 적게 자주 먹는 것이 체중 조절에 가장 효과적이다.

우리 몸의 신진대사율은 정오에 최고에 달하며 그 이후부터 감소한다. 밤에 먹는 음식은 낮보다 지방으로 축적될 가능성이 많다. 체중 조절을 위해서 식사를 거르지 말아야 하는 이유는 또 있다. 변동이 심한 식습관이나 주기적인 단식은 전체적인 신진대사율을 떨어뜨린다. 시간이 흐르면서 우리 몸은 이런 상태에 적응하기 때문에 아무리 적은 칼로리를 섭취해도 체중이 줄지 않는다. 가장 좋은 방법은 하루 종일 조금씩 자주 먹는 것이다.

여러 연구 결과 몸의 조직 내의 카로티노이드 양이 인간을 비롯한 영장류의 수명에 중요한 역할을 한다는 사실이 밝혀졌다. 색이 진한 야채에 많이 들어 있는 카로티노이드는 강력한 항산화제다. 특히 블루베리는 40여 가지의 다른 야채나 과일에 비해 항산화 작용이 가장 높은 것으로 조사되었다. 토마토에 들어 있는 리코펜도 강력한 항산화제다. 암에 걸린 노인들 가운데 토마토를 많이 섭취한 이들은 어떤 암에 걸렸든 암 세포가 50퍼센트 줄어들었다는 연구결과가 있다. 리코펜은 가공 과정에서도 파괴되지 않으므로 토마토 주스나 토마토 캔도 같은 효과가 있다.

항산화제는 세포를 손상시키는 유리기와 싸우는 병사라고 할 수 있다. 신선하고 색이 진한 과일이나 야채에 풍부하게 함유되어 있는데, 재배된 토양이나 환경에 따라 함유량에 차이가 있다. 유기농으로 재배되고 충분히 성숙한 다음 수확한 야채나 과일에는 많은 양의 항산화제와 무기질이 함유되어 있다. 항산화제의 주요 공급원은 식품이지만, 하루에 5번 과일이나 야채를 섭취할 수 없다면 보충제라도 복용해야 한다. 영양제 한 알로 모든 영양을 보충하는 것은 불가능하다. 하루에 여러 개의 캡슐을 복용할 수도 있다. 약이라고 생각 말고 음식이라고 생각하자.

약에 대해 유난히 거부감이 있던 나도 요즘 비타민 C, 비타민 E, 칼슘제를 복용하고 있다. 입에 침이 마르도록 효과를 강조하는 친구 덕분에 시작한 일인데 직접 경험해보니 정말 몸이 많이 건강해졌다. 체력이 강해져 피곤을 덜 느끼고, 줄어들었던 생리양도 늘었으며, 의자에 오래 앉아 있어야 하는 직업이라 좋지 않던 무릎도 말끔히 좋아졌다. 약 선전을 하는 게 아니라 직접 체험한 경험담을 얘기하는 것뿐이다. 약값도 한 달에 2~3만 원이면 충분하다. 나중에 병원에 목돈을 갖다 바치는 것보다 낫지 않은가.

식품뿐 아니라 음료수도 중요하다. 어떤 음료수를 마시는 게 가장 좋을까? 대답은 순수한 물이다. 물을 많이 마시면 체중이 증가한다는 인식은 잘못된 것이다. 오히려 지방의 부산물을 정화하는 기능이 있기 때문에 체중 감량에는 물을 많이 마시는 게 도움이 된다. 아이스티나 시원한 녹차도 건강에 좋은 음료이다. 녹차에는 뼈를 강화하는 식물성 호르몬과 항산화제가 풍부하다.

운동은 훌륭한 체중 조절 방법이다. 이미 운동을 하고 있다면 형태를 한번 바꿔보자. 많은 여성들이 탄수화물을 줄이고 규칙적인 운동을 해도, 신진대사율 저하라는 장벽에 부딪쳐 살이 빠지지 않는 경험을 했을 것이다. 이런 현상은 우리 몸이 반복되는 운동에 적응했기 때문이다. 고집 센 지방 세포가 짐을 내려놓게 하기 위해서는 그들을 교란시킬 필요가 있다. 일상적인 운동 스케줄을 바꿔 다른 근육을 자극해 보자. 그동안 걷는 운동을 했다면 이번에는 계단 오르기나 웨이트 트레이닝으로 바꿔 신진대사의 일상적인 궤도를 벗어나게 만들자.

체중에 문제가 있는 여성은 제3 에너지 센터에 해결되지 않은 문제가 남아 있는 것이다. 이 부위의 건강은 다른 사람에 대한 책임감이나 자신에 대한 자부심에 달려 있다. 우리가 다른 사람의 행복에 지나치게 부담을 느끼거나 또는 책임감을 회피할 때는 에너지의 흐름이 차단된다. 중년에 반드시 해야 할 일은 다른 사람보다 자기 자신을 보살피는 법을 배우는 것이다. 자신이 아니면 아무도 그 일을 대신 해주지 않는다. 그러나 우리는 왠지 모를 죄의식을 느낀다. 내가 아니면 누가 집안일을 해줄 것인가? 이런 죄의식은 자부심이나 자아와 관련된 부위인 소화 기관을 공격해서 자꾸 먹게 만들거나 소화가 잘 안 되도록 만든다.

자부심은 자신이 세상에서 중요한 존재라는 것을 인식할 때 생긴다. 외부 세계에서 자신의 능력을 발휘할 때 느낄 수 있다. 많은 중년 여성들이 뒤늦게 대학에 들어가서 학위를 취득하면 소화 기관이나 삶의 다른 문제가 치유되는 것도 이 때문이다. 비만이나 자부심 결여는 우리가 자신을 받아들일 때 해결된다. 우리가 자신의 몸을 아무 조건 없이 받아들이지 않는 한 소화 불량이나 체중 문제는 완전히 치유될 수 없다. 중년의 건강을 창조하는 방법 중 하나는 사춘기에 들어서면서 잃어버렸던 자부심을 회복하고 자신을 있는 그대로 받아들이는 것이다. 연민을 갖고 자신을 받아들이려고 노력할 때 제3 에너지 센터에 발효되던 경고의 사이렌은 해제된다.

자신의 체격이나 생긴-모습, 체지방률, 체질량지수에 관계없이 우리는 몸에 감사를 표해야 한다. 어떤 모습이든 우리 영혼의 안식처가 되어주고 지구상에서 나라는 유일한 존재를 표현하게 해주는 것이 바로 자신의 몸이다. 그 소중한 존재에게 경의를 표하자.

214

호르몬 변화와 나만의 대체 요법

우리나라 여성들은 아직 호르몬 대체 요법(HRT: hormone replacement therapy)이라는 말에 익숙하지 않다. 그러나 미국을 비롯한 서구에서는 피임약이 개발된 1960년대 이후부터 호르몬 대체 요법이 널리 성행하였다. 처음 개발된 피임약은 마치 여성들을 불안정한 호르몬 리듬이나 임신의 공포에서 해방시켜준 신비의 명약처럼 여겨졌다. 여성들은 몸의 자연적인 리듬이나 지혜보다 합성 호르몬인 피임약을 더 신뢰하게 되었다.

호르몬 대체 요법은 여성의 몸은 불안정하므로 안정시킬 필요가 있다는 사고방식에서 출발한 것이다. 그 바탕에는 남성이 여성보다 우월하고, 젊음이 늙음보다 우수하다는 생각이 깔려 있었다. 신체의 건강을 화학 약품에 크게 의존하는 사고방식이 여성들의 변화무쌍한 생리 작용을 가임기에는 피임약으로, 폐경기에는 에스트로겐 제제를 통해 다스리려고 했던 것이다. 그러나 이런 인식은 최근 들어 우리 몸의 지혜를 좀더 존중하는 방향으로 나아가고 있다. 호르몬 대체 요법에 대한 시각도 우리 몸을 쉽게 통제하기보다는 몸의 자연적인 리듬에 도움을 주는 쪽으로 바뀌고 있다.

여성의 몸은 정교한 신의 예술품이다. 인간이 만든 불완전한 약품으로 다스려지는 간단한 장치가 아니다. 여성의 몸을 흔히 달에 비유한다. 초승달에서 보름달로 점점 차올랐다가 그믐달로 마감하는 달의 주기는 여성의 생애와 일치한다. 초승달은 초경, 보름달은 임신과 출산과 육아, 그믐달은 폐경기에 해당한다. 각 기간은 대략 27년으로 달의 주기인 27일과도 일치한다. 보름달을 향해 가는 전반기는 빛의 시기로 타인에게 개방적이며 남을 돌보는 일로 채워진다. 그러나 그믐달로 기울어가는 후반기는 어둠의 시기로 자신과 깊이 친교하며 직관이 발달하는 기간이다. 이처럼 우주의 이치와 정교하게 맞물려 있는 소우주인 여성의 몸을 약 몇 알로 통제하겠다는 발상부터가 잘못된 생각이다.

우리나라에서 호르몬 요법을 받고 있는 여성은 50만 명이라고 한다. 생각보다 많은 숫자이다. 나는 아직 호르몬 요법에 대해 생각해 보지 않았다. 그러나 언젠가 필요하면 받아야 할지도 모른다. 현재 호르몬 요법의 가장 큰 효과는 골다공증이나 심장 질환, 치매의 예방으로 알려져 있다. 안면 홍조나 질 건조증 같은 폐경기 증후군을 완화하는 데도 도움이 된다고 한다. 반면 여러 부작용이 있다는 사실도 밝혀졌다. 특히 유방암이나 자궁암처럼 에스트로겐 우세 현상과 관련된 증상에는 치명적인 것으로 알려졌다. 손쉽게 구할 수 있다고 귀에 익은 호르몬제를 먹는 것은 위험한 일이다. 반드시 의사의 진단과 처방에 따라 사용해야 한다.

최근 들어 우리나라에서도 대중 매체나 광고에서 호르몬 대체 요법이란 단어가 많이 사용되고 있다. 폐경기는 호르몬이라는 단어에 한발 다가서는 시기임이 분명하다. 우리는 폐경기 증후군을 호르몬의 변화 탓으로 알고 있지만 그 원인은 신체적, 정신적 요인이 복합된 것이다. 젊은 나이에 자궁이나 난소를 제거해 미리 호르몬 변화를 겪었던 여성들도 40대 후반이 되면 홍조나 기분 변화 같은 폐경기 증후군을 경험한다. 자궁이나 난소에서 분비되는 생식 호르몬이 단독으로 폐경기 증후군을 만들지 않는다는 사실을 분명히 증명해 주는 예다. 폐경기 증후군은 우리 마음이나 몸이 새로운 도약의 시기에 이르렀음을 암시하는 메시지다. 과거의 상처를 치유하고 한 단계 성숙할 시기가 되었음을 예고하는 몸의 언어다.

여성들은 월경을 하는 가임기 동안에는 매달 월경 직전이나 월경 중 2, 3일간만 잠시 호르몬의 베일에서 벗어난다. 그러나 폐경기가 되면 이 기간이 몇 주 혹은 몇 달씩 지속되면서 과거의 삶을 되돌아보도록 몰아붙인다. 더 이상 외면하지 못하도록 강력하고 지속적인 메시지를 보내는 것이다. 이런 강력한 힘에 떠밀려 여성들은 외부 세계에 집중했던 관심을 자신에게로 돌리게 된다. 다른 사람의 엄마 역할에서 벗어나 자신을 탄생시키고 돌보는 엄마 역할을 시작하는 것이다.

얼마 전 TV에서 〈밀림의 천사〉라는 논픽션 영화를 보았다. 여주인공인 엘리자베스는 〈6백만 불의 사나이〉에서 제이미 소머즈 역할을 맡았던 린제이 와그너였다. 엘리자베스는 돈과 명성을 누리는 유명한 의사의 부인으로서 남부러울 것 없는 여성이었다. 그런 그녀에게 40대 후반에 삶의 일대 전환기가 찾아온다.

그녀는 우연히 멕시코의 밀림 지대로 의료 봉사를 떠날 봉사자를 모집한다는 정보를 접하게 된다. 뭔가 남에게 도움이 되는 일을 하고 싶다는 꿈을 간직하고 있던 그녀는 간호사 교육을 받고 간호사가 되어 의료 봉사를 지원하기로 결심한다. 오랜 소망을 이룰 절호의 기회를 맞은 것이다. 그녀는 자신의 간절한 욕구를 이해하지 못하고 무시하는 남편과 결국 이혼까지 감행한다. 안락한 둥지를 잃더라도 자신이 원하는 삶을 살고 싶었던 것이다. 의대생인 딸조차 엄마의 심정을 이해하지 못하고 반대한다. 그러나 엘리자베스는 모든 반대를 물리치고 결국 멕시코로 떠난다.

그런데 의료 봉사팀이 헬기 사고를 당하게 되자 엘리자베스는 어린 간호사들을 격려하며 죽어가는 동료 의사들을 구하는 데 결정적인 역할을 한다. 함께 의료 봉사를 떠났던 딸도 이런 엄마를 옆에서 지켜보며 존경심을 보낸다. 엘리자베스는 비로소 진정한 삶의 의미를 느낀다. 나중에 간호 대학원을 졸업한 그녀는 소외된 제3세계 국가들을 돌아다니며 간호의 손길을 베푸는 나이팅게일로 남은 생을 헌신한다. 폐경기의 호르몬 변화가 아니었다면 그렇게 단호한 용기를 얻기는 어려웠을 것이다.

폐경기의 변화를 주도하는 호르몬은 에스트로겐, 프로게스테론, 테스토스테론이라는 세 가지의 생식 호르몬이다. 우리는 상식적으로 폐경기에는 에스트로겐이 감소하는 것으로 알고 있다. 그래서 호르몬 대체 요법은 곧 에스트로겐을 보충하는 것으로 인식하고 있다. 그동안 폐경기 증후군에 시달리는 여성들에게 가장 많이 처방되어 온 호르몬도 에스트로겐이다. 그러나 에스트로겐 수치는 폐경이 되기 일 년 전까지는 그대로 유지되거나 오히려 증가한다. 성욕에 관계하는 호르몬인 테스토스테론 수치도 크게 떨어지지 않는다.

반면 프로게스테론은 에스트로겐이나 테스토스테론 수치가 변하기 훨씬 이전부터 감소하기 시작한다. 난소와 관계된 폐경기 증후군은 에스트로겐보다는 프로게스테론 부족이 원인인 경우가 대부분이다. 프로게스테론은 에스트로겐과 반비례해서 분비되기 때문에 프로게스테론 감소는 곧 에스트로겐 과다를 촉진한다. 이러한 에스트로겐 우세 현상이 여러 폐경기 증상을 유발하는 것이다.

여성의 몸은 전 생애에 걸쳐 필요할 때는 언제든지 어떤 호르몬이라도 생성할 수 있도록 프로그램화되어 있다. 에스트로겐이나 프로게스테론, 테스토스테론은 우리 몸의 체지방, 피부, 뇌, 부신, 심지어 말초 신경에서까지 만들어낼 수 있다는 사실이 과학적으로 증명되었다. 중년이 되어 필요한 경우에는 이런 보조 기관의 생성을 증가시키거나 조절할 장치가 갖추어져 있다. 그러나 여성에 따라서는 호르몬 대체 요법이 필요한 경우가 있다. 그 이유가 무엇일까?

연구 결과, 놀랍게도 그 원인은 여성의 삶에 달려 있다는 사실이 밝혀졌다. 각 개인의 신체적, 감정적, 영적 건강 상태와 영양 상태, 생활 방식 등이 이차적인 호르몬 생성 기관의 능력을 결정한다는 것이다. 자신의 생활 방식에 따라 필요한 호르몬을 만들어내느냐 아니냐가 좌우된다는 의미다. 신은 우리 몸의 치유에 필요한 모든 요소를 저장해 놓았다. 그리고 그걸 찾아내서 사용하는 역할은 우리 자신에게 맡겨 놓았다.

폐경기가 되면 생식 목표는 사라졌지만 소위 생식 호르몬이라고 불리는 호르몬의 중요성은 여전히 지속된다. 아기를 생산하는 역할에서 벗어나 활력과 건강을 증진시키는 역할로 전환될 뿐이다. 폐경기의 가장 중요한 호르몬인 에스트로겐의 역할은 가임기 동안과 폐경기 이후에 현저하게 달라진다. 가임기에는 유방이나 난소, 자궁 조직을 성장시키며 난자의 생성을 돕는 동시에 태아를 잉태하고 성장시키는 일을 촉진한다. 반면 폐경기가 지나면 생식과 전혀 관계가 없는 심장과 뇌 기능을 보호하고 뼈를 강화하는 역할을 한다.

폐경기의 불편한 증상은 우리 몸이 에스트로겐 과다에 예민하게 반응하기 때문이다. 그러나 대부분의 호르몬 대체 요법에는 에스트로겐이 포함되기 때문에 에스트로겐이 너무 많은 여성에게 또다시 에스트로겐을 처방하는 셈이다. 이런 경우 증상이 악화되는 건 불을 보듯 뻔한 일이다. 한 친구의 경험담은 그 좋은 본보기이다.

평소 건강에 자신이 있던 친구는 어느 날부터 아침에 일어날 때 어찔한 현기증을 느끼기 시작했다. 그리고 하루는 슈퍼마켓에서 장을 보다가 갑자기 심한 두통을 느꼈다. 두통은 날이 갈수록 강도가 심해져 그 친구는 마침내 병원을 찾았다. 의사는 폐경기 증상이라는 진단과 함께 호르몬을 처방해주었다. 프레마린이라는 에스트로겐 정제였다. 그러나 약을 복용한 후 증상은 더 심해졌다. 두통은 더 심각한 편두통으로 발전했고, 우울증과 불면증까지 겹쳤다.

참다못한 친구는 약 복용을 중단했다. 그러자 증상이 한결 누그러졌다. 다른 병원을 찾아가 다시 검사를 받아본 결과 에스트로겐 과다라는 진단을 받았다. 에스트로겐 과다로 인한 증상에 에스트로겐 약을 복용했으니 상황이 악화되었던 건 당연한 일이었다. 의사는 친구가 프로게스테론이 감소하는 폐경기 초기 증상을 보이고 있다고 설명한 후 프로게스테론 크림을 처방해주었다. 크림을 바른 후부터 친구의 증상은 눈에 띄게 좋아졌다. 요즘 그 친구는 예전의 활기찬 모습을 다시 회복했다.

에스트로겐이 부족하면 안면 홍조, 식은땀, 급격한 기분 변화, 질 건조증, 요실금, 성욕 감퇴 등이 나타난다. 반면 에스트로겐이 과다하면 두통, 유방 통증, 우울증, 구역질, 다리 경련 등의 증상을 경험한다. 내가 겪는 증상은 무엇인지를 잘 파악하고 적절한 치료를 하는 것도 우리 몸을 잘 돌보는 일이다. 에스트로겐은 먹는 경구용, 피부 부착용, 질 크림 등 여러 형태가 있다. 질 크림은 소량만 발라도 조직 전반에 흡수되며, 부분적인 효과가 필요한 여성들에게 안전하다.
　프로게스테론 감소는 폐경기를 앞둔 여성들에게 가장 먼저 일어나는 호르몬 변화다. 때로 폐경기가 시작되기 여러 해 전, 심지어 30대 후반부터 수치가 떨어지기도 한다. 가임기에 이 호르몬의 주된 임무는 임신을 준비하고 유지하는 일이다. 배란기가 돌아오면 프로게스테론 수치가 증가하면서 자궁 내막이 두꺼워지고 태아를 보호하기 위해 혈액 순환이 활발해진다. 우리 몸은 임신을 하면 높은 수치의 프로게스테론을 공급하도록 설계되어 있다. 따라서 과다한 프로게스테론으로 인한 부작용은 거의 없다. (그러나 프로베라 같은 합성 프로게스테론은 우울증 같은 대표적인 부작용을 일으키기도 하므로 과다 복용하지 않는 것이 중요하다.)

프로게스테론은 또 뇌의 기능에도 영향을 미쳐 정신을 맑게 해주고, 마음의 근심 걱정을 차분하게 가라앉혀 숙면을 취하게 해준다. 프로게스테론이 부족할 경우에는 심한 편두통이나 생리통, 신경과민 등의 증상이 나타난다. 2퍼센트 천연 프로게스테론 크림은 처방전 없이 구입할 수 있다. 몸의 어느 부위에나 문질러 바르면 되는데 가장 좋은 곳은 혈관이 많은 손이다.

난소와 부신에서 생성되는 테스토스테론은 우리 몸에 활력과 성적인 에너지를 불어넣는다. 특히 성욕을 증진하고 성감대를 자극하여 오르가슴이나 성적 쾌감, 황홀경에 좀 더 민감하게 만들어준다. 그러나 만성적인 스트레스에 시달리거나, 난소와 자궁을 제거했거나, 방사선 치료를 받았을 경우 테스토스테론 분비가 줄면서 성욕이 감퇴되고 활력이 떨어진다. 이럴 때 테스토스테론을 보충하면 정력을 증진시키고 활기를 되찾을 뿐 아니라 기분이나 감정을 고취할 수 있다. 또 골밀도 저하나 질 건조증도 막을 수 있다. 그러나 부족하지 않은 상태에서 보충하면 테스토스테론 과다로 인해 털이 많아지거나 굵어지고, 중년의 여드름으로 고생하며, 목소리가 굵어지기도 한다.

한 친구는 폐경기가 되어도 결코 호르몬을 보충하지 않고 몸의 변화를 있는 그대로 받아들이겠다고 장담하곤 했다. 그런데 자궁 조직 검사 결과 암세포가 발견되어 자궁을 제거했다. 갑작스럽게 폐경을 맞은 친구는 극심한 폐경기 증후군에 시달렸다. 병원에서는 호르몬을 투여하지 않으면 나중에 골다공증이나 심장 질환으로 고생하게 될 거라고 경고했다. 친구는 하는 수 없이 호르몬 요법을 실시하기로 결정했다.

호르몬 보충은 증상을 크게 완화해주었고 친구는 고통스러운 증상에서 해방될 수 있었다. 자신의 처지를 인정하고 현명한 선택을 내린 결과였다. 친구는 폐경기 변화가 끝나는 55세까지 호르몬 요법을 실시한 후 건강한 모습으로 노후에 남편과 여행을 다니고 여생을 즐길 꿈에 부풀어 있다. 만일 그 친구가 끝까지 호르몬 요법을 거부했다면 건강이 크게 악화되었을 것이다.

폐경기에 호르몬 요법을 선택할 것인지 아닌지는 신체적, 감정적, 환경적 요인 등 여러 요인에 의해 좌우된다. 어떤 여성들은 폐경기 증후군이 일시적인 현상이라는 걸 인식하는 것만으로도 증상을 극복한다. 약물이라는 가면으로 증상을 가리지 않고 기꺼이 받아들이는 것이다. 우리가 마음을 편히 갖고 늙는다는 데 대한 두려움이나 반감을 인정한다면 이런 증상들은 한결 가벼워질 것이다.

대부분의 여성들은 호르몬 대체 요법을 '한다, 안 한다'의 차원에서 결정하려고 한다. 그러나 좀 더 융통성을 갖는 자세가 필요하다. 가장 중요한 것은 호르몬 대체 요법을 통해 자신이 도달하고 싶은 목표를 세우는 일이다. 호르몬을 보충하느냐 안 하느냐, 또는 어떤 호르몬을 얼마나 보충하느냐는 각자 자신이 결정할 문제다. 호르몬 대체 요법이 두근거리는 가슴이나 신경과민을 완화할 수는 있지만, 근본적인 원인인 잘못된 인간관계를 해결해주지는 못한다.

최근 들어 식이요법이나 건강보조식품, 운동, 약초 등이 폐경기 증후군을 견디는 데 얼마나 효과적인지 입증하는 연구들이 매일 나오고 있다. 경우에 따라서는 이 방법들이 호르몬 대체 요법보다 더욱 효과적일 수 있으며, 호르몬의 과잉 복용으로 인한 부작용이나 위험 요소를 피할 수도 있다.

폐경기를 극복하는 방법이 반드시 한 가지일 필요는 없다. 또 힘들고 어려운 폐경기를 무조건 참고 견디는 것도 어리석은 일이다. 호르몬 요법이나 약초, 건강보조식품, 식사나 운동 같은 생활 방식 개선 등 자신이 필요하다고 느끼는 순간에 언제든지 원하는 방법으로 시작하면 된다. 자신만이 독특한 방법을 개발해도 좋다. 우리 언니는 기분이 우울하거나 짜증이 날 때면 발레를 보러간다. 어려서 발레리나가 꿈이었던 언니에게 발레를 감상하는 일은 호르몬제를 복용하는 것보다 증상을 더 호전시킬 수 있다. 자신이 겪고 있는 폐경기에 대해 되도록 많이 정보를 얻자. 그리고 여러 가지를 섞어 만든 그 퓨전 요리 중에서 입맛에 맞는 건 택하고 맞지 않는 건 과감히 버리는 융통성을 발휘하자.

달라지는 성생활

처음 사랑에 빠졌던 순간을 상상해보자. 하늘의 별과 달이 모두 나를 위해 빛나고 라디오에서 흘러나오는 사랑 노래도 모두 나를 위해 만든 것처럼 느껴진다. 새롭게 떠오르는 태양과 함께 행복과 기쁨으로 충만한 새 세상이 열린다. 여자가 사랑에 빠지면 에너지가 솟구친다. 힘과 활력이 넘치고 창의성과 열정이 충만해지며 때로는 끝없는 성욕에 불타기도 한다.

활발하고 만족스러운 성생활은 삶을 놀랍도록 변화시킨다. 성욕이 마음껏 발산될 때 나타나는 놀라운 치유의 힘은 성 에너지와 삶 에너지가 얼마나 밀접하게 연결되어 있는가를 잘 설명해준다. 린다 새비지Linda Savage라는 작가는 1991년 발표한 《여신의 성을 개발하자—여성스러움의 힘》이라는 저서에서 놀라운 사랑의 힘을 소개하고 있다. 크론병에 걸렸던 그녀는 사랑의 힘으로 기적 같은 치유를 경험한다. 크론병은 소장에 염증이 생겨 체중 감소, 혈변, 피 설사 같은 증상을 보이며 장암으로 발전할 위험이 높은 질병이다. 그녀는 체중이 36킬로그램까지 감소할 정도로 증상이 악화되었을 때 매우 특별한 파트너를 만났다. 그리고 그 남자를 만난 지 몇 주 만에 모든 증상이 씻은 듯 사라졌다. 거침없이 발휘된 성 에너지가 질병의 힘을 누른 것이다. 만족스러운 성생활은 우리의 삶을 건강하고 활기차게 만든다. 만족스러운 성관계를 갖고 난 다음날 아침 새로운 의욕이 샘솟는 걸 누구나 경험했을 것이다.

그러나 폐경기가 되면 대부분의 여성들은 일시적으로 성욕이 감퇴된다. 한 연구에 따르면 폐경기 여성의 86퍼센트가 성적으로 문제를 느끼고 있는 것으로 드러났다. 이것은 삶의 우선순위를 새롭게 정하고 에너지를 쏟아 부을 대상을 재정립하느라 바쁘기 때문이다. 성욕 감퇴는 삶의 에너지를 자신을 위한 투자로 바꾸는 과정에서 발생하는 정상적인 변화이므로 시간이 지나면 회복된다.

성욕이 감퇴되는 요인은 여러 가지를 들 수 있다. 에스트로겐이나 프로게스테론 같은 호르몬의 부족일 수도 있고, 자궁이나 난소를 제거했거나, 또는 우울증 때문일 수도 있다. 그러나 성 문제는 그렇게 간단하게 설명할 수 없다. 성 기능에 영향을 미치는 것은 난소와 호르몬뿐 아니라 심장과 뇌, 척추를 비롯해 말초 신경에 이르기까지 광범위하기 때문이다. 여성들의 리비도에 영향을 미치는 요소 중 특히 소홀히 할 수 없는 두 가지가 있다. 첫째는 성관계를 나누는 파트너와의 인간관계이고, 둘째는 자신의 삶을 감정적, 영적으로 얼마나 사랑하고 있느냐는 것이다. 따라서 성적 불만을 해결하기 위해서는 호르몬에만 매달릴 게 아니라 인간관계를 재정립하고 자신의 삶을 가꾸어가는 일이 먼저 이루어져야 한다. 몸은 정신을 전달한다. 마음속에 불만이 가득 차 있는데 몸이 즐겁게 반응할 수 있겠는가.

중년 여성들에게 폐경기가 가까웠음을 알리는 대표적인 증상은 질 분비물의 감소다. 그러나 대부분의 여성에게 성행위는 질의 호르몬 균형을 유지하는 이상의 의미가 있다. 여성의 성감은 그 사람의 모든 것과 관련되어 있기 때문이다. 신체적 쾌감이나 호르몬의 상태는 물론 감정, 정신, 영혼을 비롯해서 감촉이나 냄새에 이르기까지 여러 가지 여건이 갖추어져야 진정한 만족을 느낀다. 그리고 중년이 되면 신체적 쾌감보다는 정신적 만족에 더 비중을 두는 쪽으로 기운다.

앞서 소개한 책에서 린다 새비지는 이렇게 썼다.

"여성들은 성교 자체보다도 감미로운 애무를 더 중요하게 생각한다. 그들은 천천히 부드럽게 사랑받길 원한다. 그들은 오르가슴보다는 파트너가 자신을 열렬히 원하고 있음을 증명하는 열정적인 애무에 더 황홀감을 느낀다. 그리고 무엇보다도 여성으로서의 아름다움을 인정받기를 바란다."

중년의 문턱에 들어서면 대부분의 부부 관계는 갈등이 겉으로 표출되기 시작한다. 여성들이 그동안 참아왔던 삶의 문제들을 적극적으로 해결하려고 들기 때문이다. 서로 이해하고 원만했던 부부이건 갈등을 억누르고 참아왔던 부부이건 이 시기에는 재정립이라는 관문을 피해 갈 수 없다. 그 가운데 성관계도 포함되어 있다.

부부 관계는 성 문제가 근본적으로 합의되지 않고는 원만한 관계를 유지하기가 어렵다. 한 조사 결과, 폐경 이후 성관계 횟수가 줄었다는 응답자가 50퍼센트였다. 여러 가지 원인이 있겠지만 변화되는 것만은 분명하다. 성관계 횟수는 응답자의 절반 정도가 매주 한 번 또는 한 달에 한 번에서 세 번이라고 대답했다. 일주일에 몇 번 성교를 하고, 얼마나 오랜 시간 관계를 갖느냐는 중요하지 않다. 서로에게 적합한 형태로 타협하는 지혜가 필요하다.

한 친구는 남편이 비아그라를 복용하면서부터 성교에 대한 거부감이 더 커졌다고 고백했다. 물론 비아그라가 남편의 정력을 강하게 만든 건 사실이었다. 섹스를 기피하고 오래 버티지도 못하던 남편은 비아그라를 복용하면서 크게 달라졌다. 그러나 그 친구는 알약에 의해 '인위적으로' 조성된 남편의 욕망을 충족시키는 대용물이 되고 싶지 않았다. 남편의 정력이 부족하더라도 함께 노력해서 문제를 해결하고 싶었던 것이다. 그 친구가 원한 건 남편의 정력이 아니라 관심과 사랑이었다.

우리는 마음과 영혼이 진정으로 교감을 느낄 때 만족한 성생활을 누린다는 사실을 잊고 있다. 우리 몸에서 가장 중요한 성 기관은 뇌라는 사실을 명심하자. 뇌에서 받아들이지 않는 파트너와의 성생활이 만족스러울 수가 없다.

야생 동물은 사람에게 사로잡혀 주위 환경이 마음에 들지 않으면 번식을 포기한다. 중년 여성의 경우에도 두 사람의 관계가 재정립이 필요할 경우에 성생활이 원만하지 못하다. 폐경기가 되면 인간관계를 통해 얻고자 하는 목적이 달라지기 때문이다. 이제까지는 성생활이 생리적 욕구를 충족시키는 데 더 비중을 두었다면, 자신을 탄생시키는 중년이 되면 육체적·정신적으로 깊은 교감을 나누고 싶은 욕망에 눈을 뜨게 된다. 중년의 성관계는 육체적 쾌락 추구만이 전부가 아니다. 또 벙어리 냉가슴 앓듯 무조건 억제한다고 해결될 문제도 아니다.

중년의 성생활을 회복하기 위해서는 용기를 가지고 서로의 마음을 터놓고 새로운 관계를 만드는 일이 중요하다. 전희는 육체적 애무에 국한된 것이 아니다. 일상생활에서 서로에게 좋은 감정을 쌓아가는 것도 훌륭한 전희 과정이다. 모든 인간관계는 오랜 정성을 들여 노력해가는 것이다. 파트너에게 대단히 만족스러운 사람이 몇이나 되겠는가? 자신이 처한 상황에서 서로 이해하고 받아들이는 자세가 필요하다.

남편의 정력이 감퇴되었다면 내 욕망만 앞세우지 말고 남편의 상황을 받아들여주는 아량을 갖자. 이런 이해심이 서로의 유대감을 더욱 깊게 만들어줄 것이다. 이런 여유는 중년 여성만이 가질 수 있는 경지다. 내 몸도 배가 나오고 주름살이 늘어간다. 남편이 언제까지나 젊은 육체를 원하며 늙어가는 내 몸을 불평만 한다면 어떻겠는가. 진정한 성교란 육체적 쾌락을 통해 정신적 만족감을 얻는 것이다. 뜨거운 밤을 보내지 않아도 따뜻하게 맞잡은 손만으로도 행복을 만들어갈 수 있는 능력이 바로 중년의 축복이다.

여성이건 남성이건 중년에 접어들면서 성욕이 줄어드는 건 자연스러운 현상이다. 혈기왕성한 젊은 시절의 정력을 언제까지나 유지할 수는 없다. 그러나 성욕이 감퇴했다고 삶이 내리막길을 걷는 건 아니다. 중년 남성들은 스러져가는 삶의 에너지를 회복해보려고 젊은 여성의 풍만한 몸에 탐닉한다. 최근 들어서는 중년 여성의 외도도 심각한 사회 문제로 대두되고 있다. 남편에게 부족한 걸 다른 남성을 통해 보상받으려는 심리가 깔려 있는 것이다. 그러나 불안감과 죄책감을 일으키는 관계는 기쁨을 가져다주는 만큼 자신의 영혼을 병들게 만들어 결과적으로 삶의 에너지를 더 고갈시킬 뿐이다.

물론 성생활은 우리 삶에 큰 비중을 차지한다. 하지만 언제까지 삶의 기쁨을 성욕을 통해 얻을 수 있겠는가. 중년은 자신에게 만족과 기쁨을 안겨줄 좋아하는 일에 정열을 바칠 수 있는 좋은 기회다. 파트너와의 관계에만 너무 집착하지 말고 자신에게로 눈을 돌리자. 중년은 스스로 추수하는 나이다. 하고 싶던 일을 시작하거나, 잠재된 재능을 발견하거나, 새로운 시도에 정열을 바치는 방법으로 삶의 다른 기쁨을 발굴해내자.

중년에 파트너와의 관계를 재정립하는 것만큼이나 중요한 것이 자기 자신과 사랑을 나누는 일이다. 나는 매일 거울을 들여다보며 나를 사랑하려고 노력한다. 처음에는 늘어지고 탄력을 잃어가는 몸을 외면하고 싶었지만 시간이 지나면서 점차 사랑하는 법을 배웠다. '그래, 늘어진 배가 있었기에 내가 사랑하는 아들과 딸이 태어날 수 있었던 거야. 작아진 유방은 아이들이 잘 빨아먹고 건강하게 자랐기 때문이야. 육체가 빛을 잃고 바래갈 동안 내면은 알차게 여물고 있었어. 꽃이 떨어져야 열매가 맺히는 법이니까. 내가 자신을 사랑해야 다른 사람도 날 사랑할 수 있어. 내 겉사람은 망가지고 빛을 잃어가지만 속사람은 날로 새로워지는 거야.'

자신의 삶을 사랑함으로써 활력이 넘치는 여성은 호르몬 수치가 어떻게 달라지든 왕성한 리비도를 유지한다는 연구 결과가 있다. 리비도는 삶의 활력과 밀접한 관계가 있다. 성욕 감퇴가 삶의 활력을 빼앗느냐, 삶에 지쳐 성욕이 감퇴되느냐는 무엇이 먼저라고 쉽게 단정할 수 없다. 그러나 성생활이 예전 같지 않다고 해서 삶의 열정이 스러진 것일까?

우리 몸 안에는 아직 뜨겁게 타오를 수 있는 에너지가 들어 있다.

호르몬을 보충하고, 영양을 잘 섭취하며, 적절한 운동을 해보자. 필요하다면 테스토스테론을 보충할 수도 있다. 성에 관해 솔직하게 대화를 나누고 테크닉을 개발하며, 쌓인 감정을 풀어가는 과정도 필요하다.

성욕 감퇴는 주로 질 탄력성이 떨어지고 질 분비물이 감소하는 것부터 시작된다. 이는 에스트로겐 부족 현상으로 질에 에스트로겐 크림을 바름으로써 호전될 수 있다. 이 밖에도 질의 탄력성과 촉촉함을 유지하기 위해서는 콩 단백질을 충분히 섭취하고 비타민 E를 보충하는 것도 도움이 된다. 또 당귀나 체이스트베리도 여성의 질에 유익하다.

그러나 더 중요한 것은 바로 마음이다. 아무리 다른 노력을 기울여도 분노와 갈등이 우리의 마음을 짓누르고 있다면 우리 몸은 다시 뜨겁게 타오르지 못한다는 점을 기억하자.

삶의 방식이 치매를 결정한다

건망증이나 불면증, 기억력 감퇴는 그런 대로 견딜 수 있는 증상이다. 가장 걱정되는 건 이러다가 혹시 치매에 걸리지 않을까 하는 불안감이다. 예전에는 나와 전혀 상관없는 일처럼 생각되던 치매가 언제부터인가 가능성 있는 일로 다가왔다. 알츠하이머성 치매에 걸린 레이건 전 미국 대통령을 부인인 낸시 여사가 정성스럽게 돌본다는 보도를 보며 나도 치매에 걸린다면 저런 보살핌을 받을 수 있을까 생각해본 적이 있다. 또 남편이 치매에 걸리면 나도 저렇게 보살펴줄 수 있을까도 생각해보았다. 자신이 없었다. 치매에 걸리지 않도록 노력하는 게 상책일 것 같았다.

치매에 걸린 친정 엄마를 모시고 사는 한 교회 친구가 있다. 오빠도 있지만 치매에 걸린 시어머니를 모시던 올케가 심한 우울증에 걸려 하는 수 없이 남편의 동의를 얻어 모셔온 것이다. 같은 자식이면서도 딸이라서 그런지 그녀는 친정 엄마를 몇 년 모시기로 결정하기까지 남편과 많은 갈등을 겪었다. 중간에 오갈 데가 없어진 그녀의 친정 엄마는 몇 달 요양 기관 신세를 지기도 했다. 그런데 면회 갈 때마다 제발 나 좀 데려가 달라는 엄마의 간절한 부탁에 돌아오는 발길이 떨어지지 않아 마침내 결단을 내렸다. 남편도 소중하지만 날 낳고 키워준 엄마가 아픈데 눈치만 볼 수 없다는 생각이 들었던 것이다.

"당신 기분은 알겠어요. 하지만 우리가 치매에 걸렸을 때 우리 딸이나 사위가 그런다고 생각해봐요. 우리라고 어떻게 장담하겠어요?"

그녀가 남편을 설득한 말이었다.

친정 엄마를 모셔온 후 그녀의 가정은 편할 날이 없었다. 우선 한시도 집을 비울 수가 없었다. 그리고 일거수일투족을 수발해야 하는 불편함은 제쳐두고라도, 정신이 오락가락하는 친정 엄마가 걸핏하면 사위한테 대고 욕을 퍼부었다. 돌아가신 친정아버지로 착각하고 심지어 물건을 집어던지고 때리기까지 했다. 가슴에 그렇게 쌓인 한이 많은 엄마가 불쌍해서 뜨거운 눈물을 흘리면서도 그녀는 남편을 볼 면목이 없었다.

집안에서 싸움과 갈등이 끊이지 않자 남편은 마침내 최후통첩을 했다. 엄마를 택하든지 가정을 택하라는 것이었다. 그녀는 무너지는 가슴을 쓸어내리며 엄마를 다시 요양 기관에 보내야 했다. 그녀는 요즘도 엄마라는 단어만 나오면 눈물을 글썽인다.

알츠하이머성 치매는 남성보다 여성에게 일찍 나타나며 환자의 약 3분의 2가 여성이다. 여성의 수명이 남성보다 길기 때문일 것이다. 85세 이상 여성의 28~50퍼센트는 어떤 형태로든 치매로 고통받고 있다. 내가 그 안에 포함될지 누가 알겠는가. 뇌의 기능은 우리가 섭취하는 음식물부터 교육 정도에 이르기까지 다양한 요인의 영향을 받는다. 또 뇌에 입력된 어린 시절의 사건이나 경험이 늙어서까지 영향을 미친다. 이렇게 요인이 다양하기 때문에 뇌를 지켜주는 특정한 호르몬이나 특효약을 찾기가 힘들다.

　그 중에서도 뇌의 건강을 좌우하는 가장 큰 요인은 우리가 살아가는 삶의 방식이다. 낙천적이고 활기차고 적극적인 성격의 소유자는 신체적, 유전적으로 치매에 걸릴 충분한 요인이 있는 경우에도 건강한 노년을 보낸다는 놀라운 연구 결과가 있다. 우리 몸의 에너지 흐름을 막는 우울증이 치매의 주된 요인이 되는 것도 이런 결과와 무관하지 않다. 우리 몸과 영혼이 복잡하게 엉켜 있음을 잘 증명해주는 사실이다. 또 젊은 시절에 복합적인 사고를 많이 하지 않은 사람은 말년에 치매에 걸릴 확률이 높으며, 언어 표현 능력과 치매 사이에도 깊은 연관성이 있음이 밝혀졌다. 치매를 예방하려면 대화를 많이 나누고 깊은 사고를 많이 해야 한다는 의미다.

에스트로겐이 알츠하이머성 치매를 예방하거나 지연시킨다는 연구 결과도 상당수에 이른다. 에스트로겐은 손상된 신경세포를 재생시키고, 기억력이나 학습 능력, 인지 능력을 향상시킨다. 에스트로겐 수치가 높은 여성은 알츠하이머성 질병에 걸릴 위험이 낮은 것으로 밝혀졌다. 알츠하이머성 치매를 걱정하고 있는 여성들에게 희소식이 아닐 수 없다. 그러나 알츠하이머성 치매의 원인은 단순히 에스트로겐 부족만이 아니므로 둘 사이의 연관성에 지나치게 의존해서는 안 된다. 교육 정도가 높고, 건강하며, 경제적으로 안정되고, 평균 이상의 높은 지성과 사회적 지위를 누리는 사람이나, 나이를 먹으면서 자기가 좋아하는 일을 추구하는 사람은 기억력이 크게 감퇴되지 않는다는 연구 결과가 있다. 그들은 에스트로겐 수치와는 관계가 없었다.

뇌는 몸의 근육에 비유할 수 있다. 둘 다 규칙적으로 사용해야 발달한다는 얘기다. 저명한 뇌 연구가인 마리언 다이아몬드Marian Diamond는 "뇌의 기능은 한마디로 설명할 수 있다. 쓰지 않으면 녹슨다."라고 말했다. 그는 나이 먹은 쥐를 이용해 실험을 했다. 한 집단의 쥐에게는 새로운 장난감이나 색다른 물건들을 계속 제공하고, 다른 집단의 쥐는 익숙한 환경에만 있도록 했다. 그 결과 변화가 많

238

은 환경의 쥐들이 안정된 환경의 쥐보다 대뇌피질 조직이 늘어났으며, 이런 뇌 조직의 변화는 수명의 75퍼센트 이상을 산 늙은 쥐에게도 똑같이 나타났다. 우리의 뇌는 새로운 정보를 받아들이지 않으면 쇠퇴한다는 사실이 연구를 통해 증명된 셈이다.

나이 먹는 것을 막을 방법은 없으나 정신적인 활기는 노력하면 얼마든지 유지할 수 있다. 집안에만 있던 친구들은 새로운 사람을 만나거나 생소한 자리에 어울렸을 때 매우 어색해한다. 너무 오래 새로운 것을 피해 편안한 일상에 안주해왔기 때문에 변화에 대처할 능력이 줄어든 것이다. 예전에 그토록 활기 넘치던 그들이 내리막길을 걸으면서 표정이나 몸과 마음이 움츠러드는 모습을 보면 마음이 아프다.

정신적 운동을 위해서는 새로운 아이디어나 새로운 사람들, 새로운 환경에 자신을 노출시키는 게 필요하다. 친숙한 세계에 안주하지 말고 새로운 세계에 도전하며 여러 연령층의 사람들과 친분을 나누는 것이 치매 예방법이다. 친구들과 새로운 운동이나 활동을 시작하거나, 새로운 경력에 도전하거나, 또는 자원봉사 등에 참여하는 것도 좋은 방법이다. 뇌세포와 신경을 새로운 아이디어와 새로운 인간관계, 그리고 새로운 생각으로 채우자.

웃음은 만병통치약이다. 코미디 방송 프로그램을 자주 보거나, 재미있는 책을 읽거나, 가족이나 친구와의 담소를 통해 자주 웃는 것도 뇌의 기능을 활성화한다. 웃으면 복이 온다는 말도 있지 않은

가. 또 긍정적인 감정이든 부정적인 감정이든 감정을 억제하는 것은 뇌와 심장 질환의 원인이 된다. 좋은 사람으로 비치려고 애쓰지 말고 화가 나면 화를 내고, 슬프면 그 슬픔에 온몸을 내맡기자. 분노나 슬픔은 담아두는 것보다 흘려보내는 게 해결 방법이다. 감정을 애써 포장하거나 억제한다면 그 감정은 우리의 몸속에 남아 있다가 언젠가는 질병으로 나타날 것이다.

우리 몸은 나이 먹는 것을 받아들이는 마음가짐에 따라 다르게 반응한다. 주변에서 몸보다 마음이 먼저 늙어가는 친구들을 많이 본다. 그들은 중년에 접어들었고 폐경기가 가까웠으면 이제 전성기는 끝났다고 생각한다. 물론 예전의 젊음을 유지할 수는 없다. 그러나 미리 늙을 필요도 없다. 평균 수명이 길어져서 40대 중반이라도 인생의 절반밖에 살지 않은 것이다. 그것도 성년이 된 후부터 따지면, 아직 자신의 삶 중에서 3분의 1밖에 지나지 않았다. 우리 앞에는 아직 더 많은 세월이 보장되어 있다. 그리고 우리 몸은 수명을 충분히 견딜 만한 에너지를 지니고 있다. 스스로 고갈시키지만 않는다면 그 에너지는 얼마든지 우리를 활기차게 지탱해줄 것이다.

엘렌 랑어Ellen Langer라는 하버드 대학 심리학자는 유명한 《마음 다함(Mindfulness)》이라는 책에서 이렇게 주장했다.

"중년 이후의 노화 현상은 우리가 어떻게 늙을 것이라고 예상하는 믿음의 산물일지도 모른다. 만일 이런 사고방식에 사로

잡히지 않는다면 우리는 나이를 먹으면서 쇠퇴해가는 시간들
을 성장과 목표를 위한 시간으로 바꿀 수 있을 것이다."

마음을 늘 청청하게 유지하는데 뇌만 따로 늙어갈 리는 없다. 고인
물은 썩게 마련이다. 우리 몸과 마음과 뇌에 늘 맑은 새 물을 흘려
보내자. 우리를 주저앉히는 늙어가는 마음을 먼저 몰아낸다면 치매
라는 뇌의 노화도 몰아낼 수 있을 것이다.

5

백마 탄 기사는 바로 '나'

나는 오랫동안 너무 가난했구나.

젊은 날엔

육체보다 굳이 영혼을 더 사랑했고

(사실은 육체에 쩔쩔매면서

오, 맙소사. 자궁의 계절이여)

시를 쓸 땐 언제나

웃음보다 눈물을 더 편애했었다.

(비극을 즐기는 것은

빌어먹을, 우리들의 오랜 습관과 취미이지)

하지만 이제 모든 것에 평등을 부여해야지.
육체와 영혼에 똑같은 권리를
웃음과 눈물에 똑같은 희망을 부여해야지.
(사실 그것은 같은 것이지)

오호 통재라, 그것 하나 깨닫는 데 평생이 걸리다니.

그래서 늦기 전에 더 부자가 되고 싶다.
넉넉해지고 싶다.

문정희, 〈부자가 되고 싶다〉

내가 행복해야 주변 사람도 행복하다

우리의 삶은 행복을 추구하는 삶이다. 정신적인 행복이든, 물질적인 행복이든, 육체적인 행복이든 누구나 자신이 원하는 행복에 목표를 두고 정진해간다. "앞으로 나아가는 사람에게는 행복도 따라가고 멈추는 사람에게는 행복도 멈춘다."라는 말이 있다. 열심히 노력하는 사람에게 행복이 허락된다는 의미다.

우리 인간은 서로 보살피거나 보살핌을 받는 관계로 얽혀 있다. 특히 여성에게는 남을 보살피는 일이 가장 큰 의무이자 덕목으로 꼽히고 있다. 여성의 삶이 행복해지려면 열심히 노력하는 자세도 필요하지만 보살핌의 관계를 균형 있게 정립하는 일이 무엇보다도 중요하다.

중년 여성들을 흔히 '샌드위치' 세대라고 표현한다. 아직 덜 자란 아이들을 보살펴야 하는 동시에 연로하신 부모님을 돌봐야 하기 때문이다. 반면 이 시기는 좋은 딸, 좋은 엄마, 좋은 아내가 되려는 우리의 바람이나 생각이 점점 자신의 영혼을 돌보고 싶은 욕구로 교체되는 때이기도 하다. 이 강력한 두 욕구 사이에서 우선순위를 결정하지 못하거나 원만한 해결책을 찾지 못한다면 중년 여성의 건강은 크게 악화될 수 있다.

실제로 주위를 보면 시어머니를 모시고 사는 친구들치고 위장병이나 소화 불량에 걸리지 않은 친구가 없다. 한 친구는 소화가 되지 않아 거의 죽을 먹고 지낸다. 모임에 나올 때도 맛있는 음식을 함께 즐기지 못하고 죽을 싸 가지고 나올 정도이다. 잠깐 맛있게 먹고 나서 한참 동안 부대끼는 게 힘들기 때문이란다. 참 마음 아픈 일이다.

우리 여성들은 자기 자신의 몸이나 내면을 돌보는 것보다 가족이나 사회 공동체를 위해 희생하는 것을 더 가치 있게 여기도록 가르침을 받아왔다. 지난 세월 동안 여성의 가치는 자기보다 힘 있고 영향력 있는 사람들을 위해 얼마나 잘 봉사해왔는가에 따라 결정되었다. 그러나 이제 다른 사람의 인정이나 갈채를 받기 위해 자신을 희생하는 일에서 벗어나야 할 시기가 되었다.

진정한 헌신과 힘겨운 보살핌은 다르다. 아무 조건 없이 다른 사람에게 베푸는 헌신은 우리의 건강을 증진시킨다. 우리가 즐거운 마음으로 자원봉사나 지역 사회를 위해 헌신할 때 건강해지는 것도 바로 이런 이유 때문이다. 그러나 힘겨운 보살핌이나 과도한 피로는 우리의 건강을 악화시키고 배터리를 고갈시킨다. 과도한 보살핌을 감당하려는 것은 죄책감이나 마음의 부담감을 보상하려는 심리에서 비롯된다. 그러나 이런 짐은 자기희생으로 해결될 문제가 아니다. 근본적인 원인을 찾아내 풀어야 할 일이다. 자신이 지금 하고 있는 일이 진정한 헌신인지 힘겨운 보살핌인지 스스로에게 솔직하게 질문해보자.

시부모님을 모시고 사는 한 친구의 하소연이다.

"나도 그만 시집살이에서 헤어나고 싶어. 밥 한 끼도 소홀히 할 수 없는 세월이 벌써 20년이야. 이젠 정말 지긋지긋하다. 남편은 내가 투정을 부릴 때마다 연로하시니까 돌아가실 때까지만 참으라고 하지만 이러다간 내가 먼저 어떻게 되겠어. 나도 젊어서는 시부모 잘 모시는 착한 며느리라는 칭찬을 받고 싶었어. 그런데 나이를 먹으니까 점점 힘들어져. 여기저기 아픈 데도 많아지고. 더 이상 못 하겠다고 반기를 들고 싶어도 남편이랑 그리고 다른 형제들과 불화가 생길까봐 겁나. 나만 참으면 집안이 평안하겠지 싶어 그냥 참고 사는 거야."

우리는 어려서부터 자신이 원하는 선택을 하기보다 다른 사람의 칭찬이나 인정을 받는 선택을 하도록 길들여져 왔다. 그러나 다른 사람이 원하는 삶을 살아주기 위해 자신의 삶을 희생하면서 받는 칭찬이나 인정이 그렇게 소중할까? 만일 우리 몸의 어느 세포가 주위 세포를 위해 자기 건강을 희생한다고 가정해보자. 우리 몸은 어떻게 되겠는가?

한 세포의 건강 상태는 다른 모든 세포에게도 영향을 미친다. 모든 세포가 건강해야 몸의 건강을 유지할 수 있다. 한 가정에서도 마찬가지이다. 가족 중 한 사람이 다른 사람의 행복을 위해 희생하는 가정을 행복한 가정이라고 할 수 있을까? 가족 모두가 행복해야 행복한 가정이다. 사람은 자기가 원하는 일을 할 때 최고의 건강 상태를 유지한다. 우리가 자신에게 기쁨을 가져다주는 일에 몰두하면서 건강해질수록 우리가 속한 공동체도 더불어 건강해질 것이다.

옆집에 사는 50대 아줌마는 손자를 둘이나 돌봐주고 있다. 며느리와 딸 모두 직장 생활을 하는 탓에 할머니가 대신 맡아 키우는 것이다. 아들과 딸이 돈을 모아 일주일에 두 번 파출부를 불러 집안일을 시키지만, 세 살배기와 네 살배기 두 아이를 돌보는 것은 그야말로 전쟁이다. 옆집 아줌마는 하루 종일 꼼짝도 못한다. 남들처럼 분위기 좋은 찻집에 가서 차 한잔 하거나, 온천으로 효도 관광을 떠나는 일은 언감생심 꿈도 못 꾼다. 아줌마의 소망은 기껏해야 아이들이 동시에 낮잠을 자는 것이다. 그 시간만이라도 숨을 돌릴 수 있기 때문이다.

자식의 장래도 물론 소중하다. 빨리 안정을 이루어 잘사는 자식을 보는 것이 부모의 즐거움일 수 있다. 그러나 보고 싶은 TV 드라마 한 편 제대로 못 보는 엄마의 삶에 대해 자식들은 한 번이라도 생각해 본 적이 있을까? 자신들의 행복만 소중하고 엄마의 행복은 어디에서 찾는단 말인가. 난 우리 아이들에게 지금부터 주지시키고 있다. 엄마는 절대로 아이는 못 키워준다. 그럴 때마다 남편은 호기 있게 장담한다. "걱정 마라, 아빠가 봐줄 테니까." 참 내! 나중에 따로 살 게 아니면 뭐가 다를까?

우리는 매일 무언가를 선택한다. 그리고 모든 선택에는 결과가 따른다. 선택을 할 때마다 자신에게 솔직하면 할수록 우리의 건강은 좋아질 것이다. 이 원리는 보살핌을 베푸는 일뿐만 아니라 삶의 모든 영역에 적용할 수 있다. 나보다 남을 위해 선택하던 세월은 그동안으로도 충분하다. 이제부터는 우리 자신을 위해 선택하자. 내가 행복하고 편안해야 주위 사람들도 행복하다.

체면이나 남의 이목을 중요하게 여기는 우리 사회에서 중년 여성들은 그동안 완벽에 가까운 능력을 발휘하며 살아왔다. 아이를 키우고 살림을 하는 것은 만능에 가까운 능력이 요구되는 종합 예술이다. 아무리 힘들고 어려워도 참고 견뎌내야 했다. 힘들다고 아이 키우는 일을 포기할 수 있었는가. 하기 싫다고 가족들 식사 준비를 걸러본 적이 있는가. 아무리 성능 좋은 기계라도 그만큼 했으면 고장이 날 만도 하다.

우리나라 여성들은 특히 희생과 인내를 미덕으로 여겨왔다. 자신을 희생하여 자식을 성공시킨 어머니가 대표적인 훌륭한 어머니로 인식되고 있다. 그러나 이런 인식도 바뀌어야 한다. 요즘 비즈니스에서는 윈윈win-win 이론을 채택하고 있다. 경쟁 상대를 패배시키고 승리해야 기업이 살아남는다는 사고방식에서, 서로 도움을 주어 이익을 창출하게 만드는 방법으로 바뀌고 있다. 이런 원리는 인간관계에도 적용할 수 있다. 어느 한쪽을 희생시켜 얻는 성공은 절름발이 성공이다. 함께 성공할 수 있는 길을 찾는다면 서로 시너지를 발휘해 더 큰 발전을 이룩할 수 있을 것이다.

이런 의식 변화는 하루아침에 이루어지는 일은 아니다. 무언가를 변화하고 발전시키려면 과도기적인 고통을 감수해야 한다. 우리 자신을 위해서 그리고 다음 세대를 위해서 기꺼이 총대를 메자. 우리가 용기를 낸다면 반드시 도움의 손길이 있을 것이다.

인간은 누구나 가장 소중하다. 덜하고 더하고가 없다. 누구의 삶이 더 가치 있고 누구의 삶이 보잘 것 없다는 원리는 적용될 수 없다. 단지 최선을 다했느냐 아니냐의 문제다. 누군가를 위해 희생했다고 훌륭한 삶이고, 자신의 길을 갔다고 덜 훌륭한 삶이 아니다. 어느 길이건 자신의 삶은 자기가 원하는 대로 살 권리가 있다. 특히 이제까지 남을 보살피는 일로 살아온 중년 여성들은 이제 자신이 원하는 행복을 찾을 충분한 권리가 있다.

처음에는 자신의 행복을 찾는다는 게 왠지 이기적인 생각 같아서 망설여질 것이다. 그러나 행복한 사람은 주위 사람들에게 너그러울 수 있고 많은 사랑을 베풀 수 있다. 행복은 전염병이다. 행복을 전염시키기 위해서는 우선 자신이 행복해야 한다. 그것이 좀더 큰 의미에서 남을 보살피는 일이 아닐까?

어느 계절이나 아름답다

내가 가장 기억에 남는 선물은 40세 생일 되던 날 받은 40송이의 장미 꽃다발이다. 여자들이 가장 받고 싶은 선물 중 하나가 바로 장미 꽃다발이라는데, 받는 순간 40송이나 되는 장미가 왜 그렇게 많아 보이던지 얼굴은 웃고 있었지만 가슴이 철렁했다. 내가 벌써 이렇게 많은 나이를 먹었단 말인가. 마흔 살이 나한테도 찾아오는구나. 왠지 마음이 쓸쓸하고 억울했다.

'마흔'이라는 나이가 여자에게 유난히 많은 의미를 담고 있다는 말이 생각났다. 그동안 귓가로 흘려들었던 말들이 막상 닥치니 실감이 났다. 서른아홉 살까지는 전혀 느끼지 못했던 만감이 교차했다. 겨우 숫자 따위에 흔들리지 않을 거라고 자신만만해 하던 자만심이 무차별 공격을 당한 것이다. 인간이 정해 놓은 달력에 따라 먹는 나이가 무슨 의미가 있으랴. 난 나이에 연연하며 살지는 않으리라. 그러나 서슬 퍼렇던 오만함이 꺾일 계기를 맞은 것은 지금 생각하면 다행스러운 일이다. 이제까지 정상을 향해 정신없이 올라오느라고 주변을 돌아볼 겨를이 없었는데 산이 얼마나 아름다운지, 풀한 포기 나무 한 그루가 얼마나 사랑스러운지 돌아볼 여유를 가지게 되었기 때문이다.

중년 여성은 서리를 맞으면서 열매를 준비하는 가을 장미에 비유할 수 있다. 이제 그 꽃잎이 한 장씩 떨어지고 나면 단단하고 알찬 열매가 맺힐 것이다. 그리고 열매 안에는 또 다른 장미 수백 송이를 피울 수 있는 씨앗들이 들어 있다. 그러나 우리는 막 피어난 장미꽃의 아름다움에만 관심을 갖고 열매의 아름다움은 소홀히 한다. 탐스러운 꽃으로 남아 있고 싶은 유혹을 뿌리치고 생명을 간직한 열매로 변하는 게 쉬운 일은 아니다. 그러나 몸은 열매로 변해가는데 마음은 꽃에 집착하는 모습을 상상해보자. 마치 낙엽이 다시 나무로 돌아가 초록색 페인트를 칠하고 매달려 있는 우스꽝스러운 꼴이 아닐까.

'아름다움'이란 말은 '아는 사람다운'이란 뜻이란다. 친근하고 푸근해서 무엇이든 감싸줄 것 같은 편안한 사람을 일컫는 말에서 유래했다는 것이다. 중년은 진정한 아름다움을 발할 수 있는 나이다. 안으로 단단히 여물어 그 열매를 다른 사람에게 나눠줄 수 있는 넉

넉함은 젊음이 절대 흉내 낼 수 없는 깊은 아름다움이다. 우리가 처해 있는 아름다움과 지혜의 계절을 마음껏 즐기자.

나는 아름다운 중년 여성들을 많이 알고 있다. 한 선배는 아이들이 모두 대학을 가자 오래 전부터 꿈꿔오던 판화를 배우기 시작했다. 홍익대학교 사회교육센터에 나가 판화를 배운 지 5년이 되자 그 선배는 함께 판화를 배우던 친구와 공동 전시회를 열었다. 오래 기다려온 열정이 응집된 작품들은 절반 이상이 팔리는 성공을 거두었다. 그 선배는 내친 김에 대학원을 졸업하고 지금 대학교 강사와 작품 활동으로 멋진 중년을 보내고 있다.

나이를 먹는다는 것은 능력이 쇠퇴하는 게 아니다. 스스로 능력을 쇠퇴시키는 것이다. 중년은 오히려 번거로운 일상의 짐을 벗고 자신을 위해 에너지를 집중할 수 있는 시간이다. 그동안 살면서 쌓아온 지혜와 경험들이 우리의 꿈을 이루기에 충분할 만큼 축적되어 있다. 그 지혜는 젊음이 결코 가질 수 없는 노하우를 간직하고 있다. 학문이나 예술을 하는 사람들은 정신적으로 원숙해진 중년 이후에 위대한 업적이나 걸작을 많이 남긴다. 그동안의 삶이 준비하는 시기였다면 중년인 지금부터는 그 준비된 능력을 바탕으로 완성해가는 시기이다.

나는 멋쟁이를 좋아한다. 시간과 노력을 들여 자신을 가꿀 수 있는 자기 사랑을 높이 평가한다. 그리고 여성이 아름다워져야 세상이 아름다워진다는 생각을 가지고 있다. 나도 외모外貌와 내모內貌를 모두 멋스럽게 가꾸려고 노력하고 있다. 곱게 늙은 중년 여성의 우아함과 아름다움을 젊은이들이 어찌 흉내 낼 수 있겠는가. 마흔이 넘으면 자신의 얼굴에 책임을 져야 한다는 말이 있다. 살아온 내력이 고스란히 드러나기 시작하는 나이가 되기 때문일 것이다. 주름살이 늘고 피부가 탄력을 잃는다고 아름다움이 사라지는 건 아니다. 겉으로 빛나던 아름다움이 내면에서 우러나는 아름다움으로 바뀔 따름이다.

결혼을 하지 않고 쉰 가까운 나이에도 혼자 사는 선배가 있다. 무슨 특별한 사연이 있어서가 아니라 어떻게 하다 보니 20대가 지났고, 30대가 되니 사람 만나는 게 조심스러워졌고, 40대가 되자 만날 대상이 한정되거나 재혼하는 남자로 좁혀져 결혼을 못 했다는 게 그 선배의 주장이다.

유수한 제약 회사의 첫 여성 이사로 재직하고 있는 그 선배는 숫자로는 나이를 먹었지만 내가 처음 보았던 대학교 2학년 때의 이미지를 그대로 간직하고 있다. 늘 밝고 씩씩한 목소리로 전화 건 사람을 기분 좋게 해주는 것은 물론, 시간이 날 때마다 자잘한 사정에 얽매이지 않고 멀리 또는 가까이 여행을 다녀온다.

　이제는 사람들이 언제 결혼하느냐고 물어보지도 않는다고 대수롭지 않게 푸념을 하며 좋은 사람 있으면 언제든지 소개시켜달라고 스스럼없이 말한다. 오히려 옆에 있는 사람들이 나이를 먹으면서 혼자 사는 걸 걱정하면 의기양양한 미소를 지으며 나만큼 자유로운 사람 있으면 나와 보라고 큰소리친다.

자신의 핸디캡을 장점으로 바꿔가는 아름다운 지혜가 빛나는 여성이다. 생기가 넘치는 봄과 녹음이 우거진 여름도 물론 아름답다. 그러나 한여름의 뜨거운 태양을 꿋꿋이 견디며 알차게 익어갈 수 있는 가을이야말로 진정 축복이 넘치는 계절이 아닐까.

　나는 유난히도 가을을 좋아한다. 열이 많은 체질이라 여름을 견디기가 유난히 힘든 탓에 어느 날 아침 볼을 스치는 바람에 싸늘한 기운이 느껴지면 가슴이 울컥하며 눈물이 핑 돈다. 이제부터 멋진 가을이 시작되겠구나. 마치 오래 기다리던 임을 만난 것처럼 가슴이 설렌다.

　자연의 계절뿐 아니라 인생의 가을도 이런 마음으로 맞이하게 되길 바란다. 이제까지 참고 견디며 쌓아온 모든 노력을 탐스러운 열매로 승화시킬 수 있는 그런 계절이 될 수 있기를 바란다. 우리 여성들이 가임기 동안 남을 탄생시키기 위해 살아왔다면 폐경기는 자기 자신을 탄생시키기 위해 정열을 쏟아 붓는 시간이다. 오랜 세월

곰삭으면서 익어온 내면의 열정을 발휘해 세상에 하나뿐인 자신의 열매를 맺을 수 있는 일은 중년에 이르러서야 가능한 일이다. 꽃봉오리가 열매를 맺을 수는 없다. 탐스럽던 꽃이 다 지고 나야 비로소 열매를 맺을 수 있다.

나는 마흔 살이 넘어서 번역을 시작했다. 내가 대학에서 영문과를 택한 이유도 번역 문학을 전공하고 싶어서였다. 책을 좋아했던 나는 명작들의 번역서를 읽으면서 뭔가 부족함을 느꼈고 내가 번역가가 되어 멋진 번역을 해보고 싶었다. 그러나 대학 졸업 후 바로 결혼을 했고, 아이들을 낳아 기르다 보니 내 꿈은 어느새 까마득히 잊혀져가고 있었다.

그런데 마흔 살 생일이 지나면서 내 안에는 잊혀졌던 꿈들이 꿈틀거리며 살아나기 시작했다. 더 늦기 전에 하고 싶은 일을 해야 한다는 강박 관념이 생기기 시작했다. 그렇게 2~3년을 벼르던 어느 날, 우연히 신문을 뒤적이고 있는데 한 광고가 눈에 띄었다. 한 대학에서 번역 전문가 과정을 모집한다는 광고였다. 가슴이 두근거리기 시작했다. 그래, 바로 이거야! 난 그날로 등록을 했다.

그 후 2년 동안은 정말로 고시 공부 하듯 열심히 번역 공부를 했다. 내가 학창 시절에 그렇게 하루에 두세 시간씩 자면서 공부를 했다면 고시를 몇 개라도 합격했을 것이다. 그러나 하고 싶었던 일을 하게 된 것이 너무 기뻐서 난 밤잠을 설치며 영어와 씨름했다.

지금도 아직 부족하긴 하지만 좋아하는 일을 한다는 즐거움이 내 삶을 에너지로 넘치게 만든다. 적절한 우리말이 떠오르지 않으면 하루 종일 그 단어와 씨름을 한다. 그러다가 적절한 말을 찾아냈을 때는 정말 하늘이라도 날 것처럼 기쁘다.

번역을 시작하기 전 할까 말까 고민하고 있을 때 한 친구의 충고가 큰 힘이 되었다.

"우리 세대는 평균 수명이 길어져서 아흔 살까지 산다더라. 그렇게 따지면 이제 겨우 반도 못 산 거야. 지금 시작해도 앞으로 최소한 20년은 네가 하고 싶은 일을 실컷 할 수 있지 않겠니? 더구나 글 쓰는 일은 정년퇴직도 없잖아. 얘, 내가 그런 재주가 있다면 난 두 발 벗고 나서겠다!"

그렇다. 중년 여성은 앞으로 자신을 위해 살 수 있는 날이 많이 남아 있다. 그 긴 시간 동안 무언들 못 하랴. 우리 아줌마들은 가정이라는 단어에 억눌려 접어두었던 꿈을 마음껏 펼칠 수 있는 우리들의 계절을 앞에 두고 있다. 이 계절에 풍성한 수확을 거둬들이기 위해서는 가족의 도움이 무엇보다도 필요하다. 내가 새로운 길을 찾을 수 있었던 것은 남편과 아이들이 이해하고 도와주었기에 가능한 일이었다.

무언가를 성취한 여성들의 소감에는 항상 남편을 비롯한 가족들의 도움에 대한 감사의 메시지가 들어 있다. 폐경기는 혼란스러운 전환기를 견뎌내는 아내나 엄마의 고통을 이해하고 감싸주는 사랑이 가장 필요한 시기이다. 사춘기 아이들이 괜히 짜증을 부리는 건 꾹 참고 받아주면서 왜 폐경기 여성들의 감정 변화는 인정해주지 않는가? 아이들이 성인이 되면 구속을 줄이고 자유를 주면서 왜 아내는 할머니가 될 때까지 속박의 끈을 늦추려고 하지 않는가? 젊음을 바쳐 가족을 위해 헌신해 온 공로를 인정하고 이제 원하는 길을 가도록 적극 밀어주자. 가족의 사랑이 뒷받침된다면 새로운 삶을 개척하는 우리 중년 여성들의 발걸음은 더욱 가벼워질 것이다.

우리는 지금 인생의 어느 때보다도 풍요롭고 지혜로운 축복의 시간을 맞고 있다. 그 축복의 시간을 마음껏 받아 누리자. 우리가 새로운 삶을 향해 용기 있게 나아간다면 10년 또는 20년 후에는 지금 가졌던 용기를 자랑스러워하게 될 것이다.

어머니와 새, 1999

엄마의 중년을 추억하며

내 고향은 충청도 조그만 바닷가 마을이다. 덕분에 나는 하얀 모래 사장과 영롱한 조개껍질, 비릿한 갯바람 속을 누비며 어린 시절을 보냈다. 그 추억 중에서 오랜 세월 동안 생생하게 기억나는 장면이 하나 있다.

하얀 저고리에 파란 물빛 치마를 곱게 차려입은 엄마가 환한 미소를 띠고 뱃전에서 손을 흔들던 모습니다. 푸르른 바다와 흰 구름 사이로 눈부시게 빛나던 엄마의 모습은 수십 년이 지난지금까지 내 마음속에 또렷이 새겨져 있다.

그 후로 난 아름다운 여자를 생각할 때면 〈젊은이의 양지〉에 나오는 엘리자베스 테일러나 〈바람과 함께 사라지다〉의 비비안 리가 아닌 그때의 엄마 모습을 떠올리곤 한다. 어린 마음에 나도 얼른 자라서 그렇게 예쁜 모습이 되고 싶었다.

외딴 어촌의 촌부였던 엄마가 눈부시게 빛날 수 있었던 건 평소와 다른 모습 때문이었을 것이다. 말단 공무원에게 시집온 부농의 외동딸이었던 엄마는 삶에 지치고 찌들어 자신의 모습을 잃고 살았을 것이다. 나중에 알고 보니 엄마가 시집온 후 처음으로 친목계원들과 뱃놀이를 떠나던 모습이었다. 한 남자의 아내, 네 아이의 엄마에서 벗어나 잠시나마 홀가분하게 엄마 자신으로 돌아갈 수 있었던 순간이었다.

엄마의 아름다움에 넋이 나갔던 어린아이도 이제 나이를 먹어 어느덧 40대 중반의 중년 여성이 되었다. 아름다운 어른이 되고 싶다던 아이의 꿈이 과연 이루어졌을까? 우리는 누구나 마음속에 자신만의 아름다움을 간직하고 있다. 단지 그 아름다움을 빛나게 할 여건이나 열정이 부족했을 따름이다.

올여름은 유난히 후덥지근하고 비가 많이 왔다. 나는 그렇게 좋아하는 비도 외면한 채 여름 내내 원고와 씨름했다. 탈고를 하고 나니 어느새 아침저녁으로 선선한 바람이 불고 있었다. 더위를 느낄 겨를이 없었으니 확실한 피서를 한 셈이다.

무언가에 몰두하면 작은 어려움은 우리를 침범하지 못한다. 삶의 번거로움에서 벗어나기 시작하는 우리 중년 여성들은 몸과 마음을 바쳐 몰두할 수 있는 일을 찾아야 한다. 그 일의 힘으로 세상 걱정을 넘나들며 서서히 자신을 표출해내야 한다. 부족한 필력이지만 이 책이 중년 여성들의 잠자는 영혼 한구석을 깨울 수 있길 바란다. 그래서 자신 안에 간직된 아름다운 모습으로 피어날 수 있기를 소망한다.

2002년
가을 문턱에서

여성의 건강과 치유를 위한 의식 혁명

여성의 몸 여성의 지혜

크리스티안 노스럽 지음 | 강현주 옮김

뉴욕 타임즈 베스트셀러, 아마존 베스트셀러 1위
13개 언어로 번역되고 130만 부가 판매된
세계적인 베스트셀러

생리통, 자궁근종, 유방암, 난소암, ……
각종 여성 질환에 담긴 내면의 목소리와 치유의 길.
여성이라면 이 책을 읽는 것만으로도 치유가 시작된다!
자궁에서 유방까지 여성 신체 기관에 대한 새로운 관점과
초경에서 폐경까지의 실제 사례를 통한
근본적인 치유법을 제시한다.

- 각종 질병을 문화, 심리, 의학이라는 다차원으로 하나씩 파헤치고 있다. 의학 서적
  이면서 문화인류학 서적이고, 또 여성 심리학 책이기도 하다. – 중앙일보

- 직장 일과 집안일로 지쳐 있던 어느 날, 이 책을 읽으면서 나의 내면의 목소리에
  귀 기울일 수 있었다. '모든 불행의 원인은 나에게 있다'고 자책하면서 살고 있는
  모든 여성들에게 용기를 주는 책이다. – 박미라 (페미니스트 저널 〈if〉 편집장)

- 만일 당신이 노스럽 박사에게 직접 진료를 받을 기회가 없다면, 그녀의 책을 읽어
  보라. – 래리 롯 (의학박사, 〈Meaning & Medicine〉 저자)

세상의 모든 엄마와 딸들을 위한 치유와 창조의 메시지

엄마 딸의 지혜

크리스티안 노스럽 지음 | 이상춘 옮김

엄마와 딸은 평생 강력하고 신비한 힘으로 연결된다.
엄마와 딸의 진정한 유대감을 창조하는 혁명적인 지혜!

《여성의 몸 여성의 지혜》《폐경기 여성의 몸 여성의 지혜》를
잇는 노스럽 박사의 여성 건강 3부작의 완결판.
엄마와 딸의 관계가 유익하고 아름다운지 혹은 상처를
주는 관계인지, 얼마나 복잡하게 얽혀 있는지 등은 여성
의 근본적인 건강 상태를 형성하는 밑거름으로 작용한다.
이 가장 근본적인 인간관계는 우리 세포 하나하나에 입
력되어 전 생애에 걸쳐 영향을 미친다.

- 여성이 지혜를 발휘하기 위해서는 임신·출산·양육, 두뇌 발달에서 감정 형성까지
  모든 문제를 어떻게 풀어야 하는지를 엄마라는 생명의 언어로 세심하게 일러준다.
    - 이유명호 (한의사, 건강교육가 《나의 살던 고향은 꽃피는 자궁》 저자)

- 건강하고 행복한 삶에 대한, 자신의 삶을 인정하며 딸의 길을 열어주는 모든 어머
  니 그리고 어머니가 될 모든 여성들이 읽어야 할 책이다.
    - 김동일 (동국대 일산한방병원 여성의학과 교수 《마흔, 여자는 아프다》 저자)

- 자신의 임상 경험과 삶에 기반한 노스럽 박사의 구체적이고 실용적이며 자상한 글
  을 읽다보면 딸이자 엄마인 나의 존재에 대한 자부심이 한없이 차오른다.
    - 변재란 (서울국제여성영화제 부집행위원장)

다시 태어나는 중년

초판 1쇄 발행 2002(단기 4335)년 10월 31일
개정판 5쇄 발행 2018(단기 4351)년 10월 31일

지은이 · 이상춘
펴낸이 · 심정숙
펴낸곳 · (주)한문화멀티미디어
등록 · 1990. 11. 28. 제 21-209호
주소 · 서울시 강남구 봉은사로 317 논현빌딩 6층 (06103)
전화 · 영업부 2016-3500 편집부 2016-3533
http://www.hanmunhwa.com

편집 · 이미향 강정화 최연실 진정근
디자인 제작 · 이정희 목수정
마케팅 · 강윤정 권은주 | 홍보 · 조애리
영업 · 윤정호 조동희 | 물류 · 박경수

만든 사람들
편집 · 고선영 양정인 | 디자인 · 이정희

어머니가 뇌출혈로 쓰러지셨을 때 나는 중국 유학중이었다. 내가 중국으로 떠난 후에 어머니는 참 자주 편지를 하셨다. 어머니는 소녀 같은 풍부한 감성으로 당신의 일상과 고독, 가족들의 근심과 또한 뭔가 하고 싶다는 뒤늦은 꿈들을 적어 보내시곤 했다. 마당에 꽃을 심으며 조그만 꽃가게라도 하고 싶다고 하셨고, 친구들과 처음으로 호주 여행을 다녀오시고 나서는 호주에서 사온 엽서를 보내며 이렇게 쓰셨다.

"세상이 이렇게 넓은 줄을 몰랐다. 이제 나도 세상으로 나가고 싶구나. 여행을 다녀오니까 스트레스가 풀리고 나도 뭔가 다시 시작해야겠다는 생각이 드는구나……. 네가 꼭 아름다운 그림으로 그렸으면 하는 마음으로 이 엽서를 보낸다."

그로부터 불과 두 달 후, 나는 어머니가 쓰러져 위독하다는 연락을 받게 되었다.

우연한 기회에 이 책에 대한 소개와 그림 의뢰를 받게 되었다. 인터넷으로 원고를 받아 읽으면서 "아, 그래 그랬었구나……"하며 고개를 끄덕였다. 비단 나의 어머니에게 국한된 일은 아닐 것이다. 나도 미혼이긴 하지만 30대 중반의 여성으로서 읽고 생각할 내용들이 많았다. 책이 나오면 어머니께도 꼭 읽어드리고 싶다.

나는 7년 동안의 투병 생활에도 한 번도 삶의 꿈을 포기하지 않은 어머니를 너무나 존경한다. 지금도 새벽 6시면 침대에서 혼자 팔다리 운동을 하시며 마비된 신경과 끊임없이 투쟁하신다. 어머니의 꿈은 다시 두 발로 혼자서 걸어 다니시는 것이다.

나의 어머니는 언제나 젊고 아름답다. 새로운 삶은 언제나 그렇게 스스로 만들어가는 것이 아닐까. 폐경기의 여성들뿐 아니라 좌절감이나 우울함에 빠져 있는 미혼의 여성들에게도 이 책을 권하고 싶다. 딸이 엄마와 함께 읽고 벗이 되어 새로운 인생을 만들어갔으면 하는 바람이다.

🌿 임영선 화가